新　潮　文　庫

チェレンコフの眠り

一條次郎著

JN150066

新　潮　社　版

11961

チェレンコフの眠り

Song to the Siren

Jiro Ichijo

一條次郎

絵　木原未沙紀

1

猫のまたぐらよりも暑い夏の日の午後、悪名高い〈サハリン・マフィア〉の〈ボス〉シベリアーリョ・ヘヘヘノヴィチ・チェレンコフは、警官隊の一斉射撃を全身に浴び、邸宅〈生命線プラザ〉の大理石の床に、深くよどんでくろぐろとした血の溜《た》まりをのこして死ぬことになった。

その日、〈生命線プラザ〉では、チェレンコフといっしょに暮らしていたヒョウアザラシのヒョーの誕生パーティーがひらかれていた。古代ギリシアやルネサンス期の彫像、枝をのばした椰子《やし》の木の鉢植えなどといったものが立ちならぶ広間に集まり、みんなで祝杯をあげ、レコードを聴き、陽気にダンスをしたりするなか、アザラシのヒョーはしあわせそうにわらい、それを見るシベリアーリョ・ヘヘヘノヴィチ・チェレンコフとその仲間たちもまたしあわせそうな笑みを浮かべていた。

そこへ、サブマシンガンをたずさえた武装警官集団がまえぶれもなく雪崩《なだ》れこんできたのは、ちょうどヒョーにアザラシ用ゴルフカートのキーをプレゼントして、みんなでおどろかせようとしているときのことだった。

侵入者たちがあわただしく姿を見せるやいなや、チェレンコフはとっさにヒョーをつきとばした。ヒョーは樽《たる》のように転がり、マーブル模様のおおきなテーブルの下へとおしやられる。同志〈カエルのボニート〉がよこしたウージー銃を、チェレンコフはなめらかな手つきでひったくると、すぐさま先頭の警官数名を撃ち殺した。だが、撃っても撃っても押しよせる警官隊の波は融解した永久凍土のようにとめどなかった。そのためシベリアーリョ・ヘヘヘノヴィチ・チェレンコフとその同志たちは、非平和的後退を余儀なくされた。

チェレンコフは仲間たちとともにウージーを連射しながら逃げまどい、ひろびろとした中庭をじぐざぐに取り囲む回廊をぐるぐるとまわりはじめた。ばちばちと銃口から閃光《せんこう》をはなってかけめぐるさまは、ぼんやりとした表情でテーブルの下から顔をのぞかせていたアザラシのヒョーに、十年ほどまえ〈ボス〉に連れていってもらった埠《ふ》頭《とう》の移動遊園地で見た、いろとりどりのイルミネーションのきらめきをおもいださせた。

銃を乱射しながら銃弾を浴び、あおむけになって回廊の床に沈みこむ者。手すりからはみだし、BANZAIポーズで庭に転落する者。中庭へ飛びだし、独楽《こま》のようにくるくる回転しながら野蛮なゴースト光をきらめかせ、ばたりとたおれてひれふす者。左右から追いつめられて逃げ場をうしない、噴水つきのプールに飛びこみ、体勢を立てなおして逆襲しようと試みる者もいたが、あいにくプールは昨年の夏、アザラシのヒョーが溺《おぼ》れて以来、空っぽのままだった。おかげでウージーをかまえて一心不乱に飛びこんだ〈ムディート〉は、固いプールの底にあたまを打ちつけ、警官隊の銃弾にからだを貫かれることなく、まっ赤な脳みそをぱっくりと太陽のもとに曝《さら》け出して死んだ。〈ボニート〉が死に、〈バンクシー〉が死んだ。〈プラナリアのスヅキ〉が死に、〈エサシ〉と〈5D〉が死んだ。〈マントラ〉が死に、〈ポインセチア〉が死んだ。みんな、みんな死んでしまった。

シベリアーリョ・ヘヘヘノヴィチ・チェレンコフは長い回廊を四十五周ほどし、けっきょくのところ、もとの広間で蜂《はち》の巣になった。よこざまにたおれ、ねばつくシャボン玉のような咳《せき》をし、口から暗い色の光を帯びた血を大量にはきだした。椰子の木の鉢植えは半分にわれ、流れ弾であたまの吹っ飛んだミロのヴィーナス像が所在なげにつったっていた。ヴィーナスの生首は白亜色の床にころがり、のこった左目でかなしげにテーブルの下のヒョーを見つめていた。

　こうして組織はひとりのこらず一掃された。警官隊の去ったあと、アザラシのヒョーはテーブルの下から這《は》い出し、変わりはてた〈ボス〉の姿を見た。目玉が飛びだし、腕がおかしな方向にねじ曲がっていた。いつもヒョーの誕生パーティーに着ていたタキシードも穴だらけで血まみれになっていた。

　ヒョーは〈ボス〉のとなりに寝そべった。まばたきもせずに〈ボス〉の顔をじっと見つめた。〈ボス〉はもう、いい子だなとも、かわいいやつめともいうことがなかった。アザラシのヒョーはそのまま横たわっていれば、そのうち〈ボス〉がにっこりとわらい、おどろいたか？　といっておきあがるのではないか、それとも自分もこのまゆっくり意識をうしなって、〈ボス〉といっしょにどこか遠い場所で、あたらしい暮らしをはじめられるのではないかと想像した。

　警官隊が救急医療班や現場作業員たちを引き連れてもどってきた。負傷した警官たちは担架にのせて運ばれ、まだかすかに息をしていた組織の同志たちは、ふんわりとした発砲音とともにあたまを撃ちぬかれ、宙ぶらりんの状態から解放された。

　アザラシのヒョーはテーブルの下に身を隠すよゆうもなく、その場でじっと息を潜めた。広間は銃撃戦で打ち砕かれた彫像たちの墓場のようでもあった。全裸でにやけた棒立ちのダビデ。全裸で四肢をひろげた髭面《ひげづら》のゼウス。胸に銃弾をあびて全裸で苦痛の叫び声をあげている海蛇まみれのラオコーン。太陽神ヘリオスは眉間《みけん》を撃たれて白目をむいていた。アザラシのヒョーは胸をそらして尾びれを硬直させ、古代ギリシアの彫刻になりすました。まばたきさえもがまんして。

退屈そうな顔をした作業員たちが、血まみれのチェレンコフの死体を運んでいくのを見たとき、ヒョーは大ぶりのナイフで心臓をえぐりとられるようなおもいがした。ねじれていたチェレンコフの腕がひるがえり、自分にさよならの手をふっているように見えたときには、おもわず声がもれそうになった。

すべての人間が去ったあとも、ヒョーはうごく気になれなかった。

庭のどこかで、じじじじじとバッタが鳴きはじめた。アザラシのヒョーは二、三度まばたきをし、大理石の床によどんだシベリアーリョ・ヘヘヘノヴィチ・チェレンコフの血の溜まりを、平べったいひれですくいとった。ヒョーはその血を自分の腹に塗った。ごしごし何度もこすりつけた。

それからゆっくりとからだをおこして立ちあがり、血のついたひれを広間の壁にべったべったとうちつけた。何度も何度もくりかえし。この感情がかなしみなのか怒りなのか、ヒョーは自分でも区別をつけることができなかった。まっ白な壁に乱雑に塗りたくられた赤い血は、波に波うつ波のよう。まぶしくゆれる海のようだった。

アザラシのヒョーは邸宅〈生命線プラザ〉をさまよっていた。シベリアーリョ・ヘへノヴィチや〈エサシ〉に熱心に教えられたおかげで、ヒョーは立ってあるくのがじょうずだった。尾びれをのばして立ちあがれば、人間とおなじぐらいの背丈になる。とはいえ、そこまでしゃきっと立ちつづけることはむずかしく、よく転び、よく転がり、みんなをよくわらわせたものだ。

ひきかえに、いつしか泳ぐのがへたになっていた。以前は中庭のプールに放たれた魚を捕まえて食べたりしたこともあった。だが近海では、もうずっと魚が捕れなくなっていて、去年プールのきらめきのなかにくねくねと身をすべらせていたのは、見たこともない南洋の魚ばかりだった。

アザラシのヒョーはとりわけ、ラメを散らしたようにかがやく青色の魚にこころをうばわれた。だがあいにく、その魚は飛びぬけて生きがよく、夢中になって追いまわしているうちに、ヒョーは鼻から水を吸いこんでしまった。にわかに胸のあたりが破裂するような感覚に襲われ、こめかみにひどい激痛が走った。

意識をとりもどしたとき、まっさきに目に飛びこんできたのは、太陽を背にして上からのぞきこんでいるシベリアーリョ・へへへノヴィチ・チェレンコフの憂《うれ》い顔だった。ヒョーに人工呼吸をしたのだ。ヒョーは噴水のように水をはきだした。〈ボス〉は全身をずぶぬれにして、ヒョーを抱きしめた。

あれから、ヒョーは泳ぐのをやめた。〈5D〉は水を抜き、プールの底に氷山や棚氷、それからかわいらしいホッキョクグマの絵を描いた。給水口はセメントで念入りに塞《ふさ》がれた。

そうしたことをおもいだしながら、ヒョーは邸宅の階段をあがり屋上へ出た。銃眼のまえでうなだれたマシンガンと血の痕跡《こんせき》。その日の空はすこしオレンジ色がかっていた。遠くの山が白い煙をたなびかせているせいだ。山肌はいちめん灰で黒ずみ、慢性的に燻《くすぶ》りつづけている。熱波、干ばつ、落雷で、世界で煙のあがらない日はなかった。乾燥した木々が爆竹のように音をたてて破裂する現象もあいついで観測された。いまさらあわてるものもなく、消防車のサイレンもひどくかぼそく頼りない。周囲の町を見まわしても、疲れた顔の家並みが広がるばかり。助けになってくれそうな人影はどこにもなかった。

キッチンで皿に盛られた料理をみつけ、ヒョーはうれしさのあまり尾びれをぴしゃりと打ち鳴らした。日本地方のスシとメキシコのブリトーを融合させたスシリトーがずらりとならんでいたのだ。サンフランシスコ産のスシリトーとちがい、海苔《のり》ではなくトルティーヤで巻かれてあるのが、ヒョーのお気に入りだった。数あるバリエーションのなかでも〈ラテンニンジャ〉と〈サトリ〉には目がなかった。このごちそうが誕生パーティーのために用意されたものだということにおもいあたると、ヒョーは視界がじんわりとにじむのをかんじた。いっしょにこれを食べる仲間たちはもういないのだ。ヒョーは目に涙を浮かべながら、なにかの脳のような形をした野菜と、眠たげな色をした白ワイン少々とともにスシリトーを口にはこんだ。

料理は数日もった。すっかりたいらげるのと、ふわふわした繊維状のカビが生えはじめるのとがほぼ同時だった。ヒョーはふいに心配になった。次の誕生日はいつだろうか。パーティーがひらかれることはもう永遠にないのではないか。〈バンクシー〉も〈プラナリアのスヅキ〉もいなくなったいま、いったいだれが食事を作ってくれるのだろう。

ヒョーは〈生命線プラザ〉の外へは、ほとんど出たことがなかった。出かけるときは、いつもチェレンコフがいっしょだった。邸宅の門を出たところで、いったいどちらへ向かえばいいのか、どこになにがあって、食べものを手に入れるにはどうすればいいのか、かいもく見当がつかなかった。

ヒョーは不安でおちつかず、邸宅内をうろうろあるきまわった。もしかしたらとおもい、地下室へ降りてみた。食糧というのは地下に貯蔵されているものだという気がしたのだ。だがみつけたのはワインセラーとトンネルだ。トンネルは警官隊がふみこんできたときのための逃走用通路だった。その先は町の地下で迷路のように入り組んでいて、なかにはとんでもない場所へつながっている通路もあるときいたことがある。だがそれも、いちども使われることなく終わってしまった。

ぽっかりと暗い口をあけたトンネルのまえに立ち、ヒョーは身震いした。低い天井の通路の奥から、冷気を帯びた風が流れこみ、ヒョーのひげをふるわせた。かすかに漂う下水のにおい。だしぬけに、にごった泥水が押しよせてきて、邸宅をまるごと水没させてしまうのではないかと心配になった。

ヒョーはいそいでトンネルのドアをしめ、地下室をあとにした。階段の段差がとほうもなく巨大にかんじられた。

翌日には空腹でこころぼそく、からだもすこしばかり、ほそくなってきているようなかんじがした。夕暮れ、日が沈むとヒョーはいよいよ頼りない気持ちになった。

自分はこのままここで餓死するのだろうか。これからさき、どうやって食べていったらいいのだろう。冷蔵庫にはなにもなく、ワインなんてあける気分にもなれない。だれか助けを呼べたらいいのだが、そのだれかの顔もおもいうかばない。

ギリシア彫刻の墓場のようになっている広間にごろりと横たわり、ヒョーは目をしばたたかせた。それから、気をまぎらわせようとラックからレコードを抜きとり、ターンテーブルにのせた。器用にひれをひるがえし、盤面に針を落とすと、アコーディオンとギターのゆったりとした音が、夜のしじまに流れはじめた。雑音まじりのランチタイムミュージックだ。

ジャケットでは、若かりしころの〈ボス〉に似たにこやかな三人の男たちが楽器をたずさえ演奏をしていた。どこかノスタルジックにかたむく文字で"The Three Suns"とグループ名が書かれてあるが、ヒョーは字が読めない。だがジャケットの絵から、それが〈ボス〉のいちばんのお気に入りだということは知っていた。

おだやかな夏の日の午後、なめらかな籐編《とうあ》みのゆりいすに座る〈ボス〉の姿が目に浮かんだ。〈ボス〉はこのレコードに耳をかたむけながら、大判の動物図鑑を熱心にながめていたものだ。ヒョーがとなりのいすに腰かけると、決まって冊子をあざやかに彩《いろど》る写真を見せながら、あれこれ話を語ってきかせてくれた。いまとなってはなつかしいおもいでと、モノラルのやわらかな音声に、ヒョーはいくぶんやすらいだ気持ちになった。

ヒョーは広間の奥の大理石のステージをぼんやりとながめた。ほんとうならあの日、〈ボス〉が死んだ日も、愉快な楽団が演奏しに来る予定だったのだ。その日は、ヒョーの誕生日だったのだから。

だが騒ぎがおき、ついに楽団は来なかった。いまごろどうしているのだろう。かれらはみな、シベリアーリョ・ヘヘヘノヴィチ・チェレンコフが探し出した楽団員だった。一九四〇年代に職を失ったミュージシャンを〝再発見〟し、雇ったのだ。ビッグバンドが衰退し、バップにもジャンプにもなじみきれなかった演奏家たちだった。みんな半世紀以上も飲まず食わずだったものだから、からだがりがりにやせほそり、歩くたびに骨がこつこつと音を立てた。ヴィブラフォン奏者など、体重が空気よりも軽くなり、数センチほど地面から足が浮きあがっていたくらいだった。

楽団員のだれかに助けを求めようかとヒョーはおもったが、平均年齢一〇〇歳だ。各自の日々の体調におうじて、一人から百二十六人まで増減するような楽団なのだ。とてもじゃないがアザラシを養うような余力はない。

その構成員の増減にもかかわらず、ヒエラルキーのない指揮者なしの楽団という点は変わりがなかった。肺活量の関係でトランペットやサックスといったホーンセクションはなくなっていたし、そのために〈カズー協奏曲〉の演奏も断念せざるをえなかったりもした。だがそのかわり、モーグやチター、ANSシンセサイザーやテルミン、胡弓《こきゅう》や親指ピアノといった楽器が取り入れられていた。日によってはステージの下まで楽団員があふれるほどのビッグなバンドにもなったが、むやみにけたたましく音を鳴らすことはなく、五拍子や七拍子でなめらかなスウィングを刻む楽団はほかに例がなかった。

そんなことをとりとめもなくおもいだし、空腹を忘れていたら、大理石のステージにならんだ楽器と楽器のあいだに、うごく人影があるのにヒョーは気づいた。目の錯覚かとおもった。だが、その影はレコードのリズムにのって、ふらふらとおどるような足どりで、ステージ前方へ出てこようとしていた。影はすぐにちぐはぐに足をもつれさせ、からだをよろめかせると、かたわらのチェンバロに手をつき、鍵盤《けんばん》をしゃあーんと響かせた。ヒョーはおどろき、すくみあがる。

それは血だらけの男だった。首が奇妙にかたむき、左腕はおかしな方向に折れ曲がっていた。うっかりまぎれこんだ楽団員が、あの日の銃撃戦に巻きこまれたのか、それとも同志のひとりが命をとりとめ、身を潜めていたのかとおもったが、どちらでもなかった。全身穴だらけのタキシード姿の男は、シベリアーリョ・ヘヘヘノヴィチ・チェレンコフその人だった。弾創の数は計二十三発。警官隊の銃弾で蜂の巣になり、目、鼻、口、耳から血を流してたおれた、あの日の〈ボス〉がステージに立ち、おぼろげな表情でヒョーを見おろしているのだった。

警官隊のもとから生きて帰ってきたというのではなかった。シベリアーリョ・ヘヘヘノヴィチ・チェレンコフはたしかに死んでいた。亡霊だか幽霊だかお化けだかになって、死んだ場所へ姿をあらわしたのだ。

ヒョーは大理石のステージに〈ボス〉とならんで座り、耳からたれる血を拭《ふ》いてやった。そのとき〈ボス〉のからだから、花のにおいが漂い、ヒョーはおどろき鼻をひくひくさせた。においはいっしゅんで消えてしまったものの、まるで花の咲かないこのあたりでは、きわめてめずらしいにおいだった。町で葬儀があるときは、手向けるための花をはるばる遠くから取り寄せたり、贋物《にせもの》の花を編んだりなどして、いつも難儀していた。

〈ボス〉は鼻血をすすり、ヒョーにうちあけるようにいった。

「眠れないんだ、まったく眠れない。としをとったら眠りにつこう、なんて若い連中はやすらかな老境を夢見るがな。としをとるとな、ぜんぜん眠れなくなるんだ。まともな睡眠がとれたのなんて、いつのことだったかおもいだせんよ」

アザラシのヒョーはうなずいた。

「ほんと眠れないよな。腹がすいてしょうがなくてさ」

「時間があまりに早く過ぎていく。錯覚なんだろうな。二十年や三十年もまえのことが、まるできのうのことのようにかんじられるんだ。夜中にふと目を覚ますと、昔のことをおもいだすだろ。するとたちまち目がさえ、眠れなくなる。やりきれないよ」

「わかるよ。なにかないかとおもってキッチンにいくんだけどさ、ワインしかないんだもんな」

「おまけに部屋はまっ暗だ。まるで暗い宇宙の果てに置き去りにされたような気分になる。まあ実際、ここが宇宙の果てなのかもしれんがな。だが、なぜそんなふうにしておれを苦しめる？　この気持ちはなんだ？」

〈ボス〉は曲がった首でふりかえる。

「空腹さ」

「そりゃおおぜいの人間を殺してきたさ。だが殺したのは政府の高官とその家族ばかりだ」

「そういや、家族にも容赦なかったよな」

なあに、それほどでもないさ、とシベリアーリョ・ヘヘヘノヴィチ・チェレンコフは弁解するようにいった。たしかに、口のへらないやつには煮えた鉄を飲ませたり、胸にフックを刺して宙づりにしたりしたさ。からだの九つの穴を縫いふさいだこともあれば、けつの穴から空気を送りこんで腸を破裂させてやったこともあったな。あわれに命乞《いのちご》いをするやつには、水銀を皮下注射したり、鷲《わし》に両目をえぐらせたりもしたよ。夫婦を左右半分にして、たがいちがいに縫いあわせたこともあったが、あのざまには、さすがにひどく憂鬱《ゆううつ》な気分にさせられた。そりゃあもちろん、こどもや孫も皆殺しさ。背の低い順にならべて串刺《くしざ》しにしたときは、手間いらずだったよ。連中は効率ってやつをなによりも重視するからな。効率的に殺されて本望だろ。

「やりすぎだろ」

「後ろ暗いことをするんなら、おれのように家族なんてものはすっかりあきらめるべきだったのさ。あれもこれもほしいなんてのは、どだい無理な相談だ」

「だけどさ、こどもは好きでその家に生まれたわけじゃないだろ？」

ヒョーがいうと、チェレンコフはふんと鼻を鳴らした。

「こどもたちには罪がないっていうのか？　いいや、そいつらはおもうぞんぶん特権を享受《きょうじゅ》していたんだ。なぜ自分がそんなにもめぐまれた暮らしをしているのか、考えてみようともせずにな。同罪さ。王族生まれのゴータマ・シッダールタみたいに、こんな生活おかしいぞって気づき、さっさと出家でもせんことには、とうてい見のがしてやる気にはなれんよ」

「ん、ブッダのことかい？　僧院を焼き払ったのはだれだったっけな」

「ブッダはいいが、仏教はくそだ」

ああいうのは組織でやるとおかしくなるんだ。いとも簡単に金まみれ。裏庭にスポーツカーをずらりならべて金勘定、戦争中は修行と称してせっせと砲弾を磨いたりなんかしてたしなと、チェレンコフは穴だらけの肩をすくめる。

「金といえば、いつだったかレジスターにあたまをつっこんで死んだ女がいたっけな。というか、おれが殺したんだが。札と硬貨にまみれて窒息死さ。だが、その女が妊娠してたな。死んだまま出産したっていうじゃないか。さすがにその餓鬼《がき》は殺さなかったよ。おれは祈りを捧《ささ》げた。男の子か女の子かも知らんがな」

「見のがしてやったんだ？」

「なんだか寒気がしてな。その赤ん坊、足の指が十六本もあるっていうじゃないか。

左右八本ずつなのか、右が六本、左が十本なのか、それとも四本、十二本か。それだって、足が二本と仮定しての話だ」

ヒョーは〈ボス〉の、どこかかなしげな横顔をのぞきこんだ。

「もしかして反省してるのか？」

「いや。〈カエルのボニート〉や〈クジャクのムディート〉のことをおもいだしてたんだ。みんな死んじまった。責任をかんじるよ。ひどくな」

シベリアーリョ・ヘヘノヴィチ・チェレンコフは、肩を落としてうなだれた。ごぼごぼと音を立て、目と口から血があふれた。耳から流れる血が首筋を伝う。アザラシのヒョーはなぐさめの言葉を探した。

「〈ボス〉のせいじゃないさ。突然だったろ。警官たちが来たのがさ。ここで暮らしてるのは、まえから知ってたくせに。あの不意打ちじゃ、手の打ちようがなかったよ」

そこなんだ、とチェレンコフは身をのりだした。胸もとから、じわりと血があふれ、大理石を赤く染めた。

「オウムガイが原因にちがいない」

「なんだって？」

「麻薬の運搬に使ってた潜水艇で、オウムガイを密漁しようとしたのさ。ここらの海でやたらとでかいオウムガイが増えたろ。そいつを捕まえて海外の愛好家たちに売りさばく計画だったんだ。飼うのか、食うのかは知らんがな」

もしかすると模様が気に入ったのかもしれん、黄金比がどうとかフィボナッチがどうとかいってるやつもいたしな、とチェレンコフはさほど興味もなさそうにいった。

「それって違法なわけ？」

「おととしのワシントン条約で国際的な取引が禁止になった」

「そのせいで警官隊が来たっていうの？」

「そうじゃない。密漁をカムフラージュするのに、海洋洗浄って名目で、潜水艇〈夢減速スクリュー33〉を海に潜らせたんだ。プラスチックやら放射性廃棄物やらで汚染された海を清掃する事業をよそおってな。どうもそれをまにうけたらしい」

「まにうけたんならいいだろ」

「だめだったんだ。妨害工作で即撃沈さ。八十年まえに日本軍のしかけた機雷が、なぜかいまごろ爆発したってことになってるが、どう考えても政府のしわざだ。海洋清掃マシンが海のごみになっちまったよ」

「〈夢減速スクリュー〉って、黒鳥の形してるやつ？　あれ好きだったんだけどな」

「それはクルーザーだ。まだ港にある。ほしけりゃ、おまえにやるよ」

「あんがと。だけどなんで掃除しようとして撃沈されるのかわかんないな」

「政府の見解じゃ、海は汚染されてないってことになってるからな。掃除なんかされたんじゃ、汚れてると認めることになるだろ。そこが気にさわったらしい」

「ほんとは密漁がばれてたんじゃないの？」

「密漁ぐらいで撃沈なんかされんさ。ヒョー、おまえだって遠い海から密猟してきたんだ。そんなの一度や二度の話じゃない」

「だよな。みつかったらどこかへ連れてかれるんじゃないかとおもって、とっさにギリシア彫刻のふりをしたよ。われながら、うまくやりすごせたな。だけどさ、海が汚れてるのなんて、だれでも知ってるんだろ。山が燃えてるのとおんなじ。一目瞭然《いちもくりょうぜん》だ」

「そうだが、あくまで問題はないってことにしておかないとな。問題がありゃ、あれこれ規制する必要がでてくる。規制がありゃ、金もうけができなくなるだろ。そういうのに反対してる大金持ちが大枚はたいてロビー活動してるのさ。しかし、マフィア、資本家、政治家と。いったいなにがちがうっていうんだろうな……」

首をかたむけ本気でわからないといった顔をするチェレンコフに、ヒョーは、さあねと肩をすくめるほかなかった。〈ボス〉は自分の血で描かれた赤い海の壁画をぼんやりと見つめた。それからどこか夢見るような遠いまなざしになり、口もとで血の泡をぶくぶくとさせた。

「そういや、あの映像をとっておくんだったなあ」

オウムガイを探しに潜水艇〈夢減速スクリュー33〉を海の底に潜らせた夜のことをチェレンコフはおもいだしていた。その夜、海に沈んだ町の姿が、潜水艇のカメラに映し出されたのだ。それをシベリアーリョ・ヘヘヘノヴィチ・チェレンコフは埠頭に停めた大型トレーラーのモニターで見た。

「死んで海に流された死者たちが、その廃墟《はいきょ》で暮らしてるんだ。庭先のブランコに乗ったり、きれいな花壇を作ったりしてな。何年かまえの氷河の崩壊で海面があがって、まるごと海に沈んだのさ。その町じゃ、色鮮やかな花が咲き乱れていてな。波のまにまにゆらゆらゆられてるんだ。あれにはたまげたよ。だが海の底はまだ八割以上がちゃんと探査されてないっていうからな。それほど不可解なことでもないかもしれんな。ほら、夜になると海から花のにおいが漂ってくるだろ?」

〈ボス〉にいわれ、ヒョーは長い髭をひくひくさせてみたが、花のにおいはしなかった。しいていえば、かすかな潮のかおりがするくらいだ。

「ほら、いまだってにおってるぞ」

シベリアーリョ・ヘヘノヴィチ・チェレンコフが鼻を鳴らすと、こわれた蛇口のような音を立て、鼻血がだらだらしたたり落ちた。

「や、しないな。においがしない。死んでるからか？　そうか、死んでるからか……」

大理石のステージには、すっかり黒い血だまりができていた。ヒョーが潮のかおりとおもったものは、血のにおいだったらしい。チェレンコフは気を取りなおすように顔をあげ、ヒョーにたずねた。

「腹がすいてるっていったか？」

「死ぬほどね」

なんてこった、おまえまで死なせるわけにはいかんと〈ボス〉は眉間にしわを寄せた。

「なにもないのか？」

「ワインだけだね」

「なんてこった」

「なんてこっただよ」

空腹すぎて、ものを考えることもできないくらいさと、ヒョーはまるい肩をすくめた。チェレンコフが軽く咳《せ》きこむと、左腕がぐらりとはずれそうになった。ヒョーはそっとひれをそえ、もとの位置にもどしてやった。チェレンコフは口からたれた血をぬぐう。

「プレゼントはどうした」

「プレゼント？」

アザラシのヒョーは水曜日にもよおされた誕生パーティーのことをおもいだした。ことし何度目の誕生日だろう。毎週のように誕生パーティーがひらかれていたため、ヒョーは自分がいま何歳なのか、もうしばらくまえからわからなくなっていた。

「キーを渡したろ。あれはゴルフカートのキーだ」

「あれか。でも、さすがにゴルフカートは食べられないな」

「アザラシ専用の〈超高機能電気ゴルフカート〉だ。超高機能だぞ。そういう名前なのさ。実際、超高機能だからな。オフロードだってなんのそのさ」

「それより腹がへってんだけど？」

「おいおい、カートでどこへだっていけるんだぞ？」

ヒョーはまるい目をしばたたかせる。

「そっか。海へいけば、魚がみつかるかもな。でも、泳げないんだよなあ」

「町へいけ。どこでもいい。レストランがあるだろ。店長におれの名前をいうんだ。そしたら、ただでごちそうにありつけるぞ」

「そりゃいいね。運転してくれる？」

「おまえにだって運転できるさ。アザラシ用に座席をしつらえてあるんだからな」

「尾びれじゃアクセルふめる気がしないけどな」

「なにをいってる。超高機能だぞ。自動運転でどこへでもつれてってくれるさ」

チェレンコフの話をききながら、ヒョーはなぜだかみょうな胸騒ぎをかんじていた。

いつのまにか演奏はやみ、レコードの針が内周でぶつぶついっているのに気づいた。

ヒョーはそわそわとおちつかず、どこか情けない調子で声をうわずらせた。

「シーフードのレストランがいいな。さっそくいってみないかい？」

「いや、おれはだめだ」

「なんでさ？」

わるい予感が的中したような声で、ヒョーは顔を曇らせる。

「どうも死んだ場所から離れられないようなんだ」

「なら、ひとりで町へいけってこと？」

「これからはなにをするのも自由だぞ」

「いままでだって自由だったぞ？」

すこしつかれたな。眠くなってきた。どうせろくに眠れやしないってのにな。なんだかあまりにはやく時間が過ぎていくみたいだ。死んでからもう百年以上もたったような心地がするよ――。

〈ボス〉の声が小さくかすれていき、夜のしじまにかき消えそうになる。不安げなおももちでヒョーがまばたきをしたときには、もうシベリアーリョ・ヘヘヘノヴィチ・チェレンコフは、その姿を消していた。

2

死んだような顔でたたずむ窓のつらなりに、かたむいた電柱の立ちならぶ街路。山はうっすら煙をあげながら白い光を明滅させ、街燈《がいとう》の明かりはオレンジ色を帯びている。アザラシのヒョーをのせたゴルフカートは何年もまえの地震でがたがたに波うったままの大通りをゆっくりとくだっていた。

家々の戸口は、がんじょうそうな板が打ちつけられていたり、太い鎖が巻かれていたりして、なにものも寄せつけない空気をみなぎらせていた。延べ棒みたいに陰影を欠いたビルがこわれかけの電子基板のように無音で明かりをともしている。街路の壁や塀には、瓦礫《がれき》やペットボトルが打ちよせるようにして堆積《たいせき》していた。

コンクリートとプラスチックの廃棄物の山を、カートは自動運転でかいくぐる。ヒョーは運転席でゆられながら短い首をすくめ、おっかなびっくり町を見まわしていたが、お守りのようにダッシュボードにはさんだザ・スリー・サンズのレコードに視線を落とすと、シベリアーリョ・ヘヘヘノヴィチ・チェレンコフがいっしょについてきてくれているような気がして、すこしばかりほっとするのだった。

ビートル型のまるいカートは、内部もまるい流線型。その座席はヒョーの太いせなかにぴったりで、ハンドルのひれ触りもいい。人間ならあるいたほうが速いような速度だが、アザラシの鰭脚《ひれあし》歩行に比べたらだんぜん速い。ナビゲーション音声に案内されたシーフードレストラン〈超ヒット日本〉を、ヒョーは選択していた。

がらんとした夜の車線はいきかう車もとぼしく、殺虫剤や消毒液のカクテル薬を大型タンクに積んだ噴霧車らしき軍用トラックとすれちがっただけ。ぶあつい板でバツ印に補強された窓ガラスごしに、ひとびとの咳きこむ声が響く。ヒョーはなぜだか鼻がむずむずし、目をしきりにしばたたかせる必要があった。

ひとけのない信号が赤に変わり、ゴルフカートが停止。それにしても閑散として薄気味わるかった。ふと視線をあげれば、生気のないストーンヘンジのように林立するビルの群れ。なかでもひときわ群を抜いてそびえる超高層建築があった。あまりに高すぎて、うっかり見落としてしまいそうになるほどだ。崩れる寸前のジェンガのように積みあげられた直方体が波うつようなでこぼこ模様を形づくり、鋼色《はがねいろ》をした雲をやぶって、そのてっぺんを隠していた。そっとひと押しすれば、たちまちばらけて瓦礫の山になるのではないかというかんじがした。なんとはなしにながめていると、むしろそのビルが空をささえているかのようにも見え、それはそれでまたべつの不安が胸にきざした。いずれにせよ、あんなところに棲息《せいそく》している人間の気が知れないと、ヒョーは口をへの字に曲げる。

首がつかれてあたまをさげると、交差点の崩れた壁に、こどものいたずら書きのような花が描かれてあるのが目にはいった。おばけのように大きな花の絵だった。街路は煙と消毒液のにおいに満たされていて、海から花のにおいが漂ってくることはなかった。

信号が青にならず、手持ちぶさたにひれで腹をかいていたら、うしろのほうからキャリーケースを引きずるような音が近づいてきた。ヒョーはからだをひねってふりかえる。

夏だというのにコートに手袋、そして宇宙飛行士のようなヘルメットをかぶった女が、鉄板でおおわれたベビーカーを押してあるいてくるのが見えた。まるで人間装甲車といったたたずまい。ヘルメットは白く曇り、顔は霧のなかに埋没しているかのようだった。女は足早に赤信号を横断していった。

そのときになってようやく、壁の手前に腰をおろしている路上生活者らしき男の存在に気づいた。男はぼろをまとって、ちからなくうなだれていた。貧しいものにはやさしくしろというシベリアーリョ・ヘヘヘノヴィチ・チェレンコフの口癖をおもいだし、ヒョーはゴルフカートのダッシュボードを漁《あさ》った。

車内には独裁者の肖像が刻まれた硬貨や札が散らばっていた。ありったけをかき集め、ぜんぶまとめて男の足もとに置いた。空き缶が現金でいっぱいになり、ヒョーはほっと胸をなでおろす。

黄色い街燈の下で、まばたきもせずに現金のつまった缶を見つめる路上生活者。おどろいて声も出ないらしい。ヒョーもまた、言葉は役に立たないものにかんじられた。なにもいわずに鰭脚歩行でカートに引き返し、運転席からひれをふって男に別れをつげた。

それからさきは信号にひっかかることもなかった。だいぶ海辺に近づいたらしく、ゆっくりとした波の音がかすかにきこえていた。風にのって漂う腐ったゴムのようなにおい。黄色くにごった回転式の灯台のあかりが、十五秒おきにヒョーの鼻先をかすめていく。

車線もへり、町なみも入り組んできたことから、まもなく〈超ヒット日本〉に到着するにちがいないとおもった。ヒョーは待ちきれない気持ちになり、いよいよ空腹をつのらせた。せわしなく左右を見まわし、ない首を無理にのばしたせいだろうか。うっかりバランスを崩し、ひれでハンドルを急回転させてしまった。強い衝撃とともに座席がななめにせりあがり、ヒョーはフロントガラスに鼻っ柱をぶつけた。

あたまがくらくらしたものの、骨が折れたわけではなさそうだ。ひれで鼻をさすりながら顔をあげると、ガラスについたよだれで街路がゆがんで見えた。ヒョーは気を取りなおしてアクセルをふんだが、タイヤが陥没した石畳にはまりこみ、前にも後ろにもうごかなくなっていた。

「オフロードよりもひどい舗装道路らしいな」

ヒョーは独りごち、運転席を降りる。店の場所を知らない以上、自動運転なしではお手上げだ、いや、おひれ上げだとヒョーはため息をついた。

だが、さいわいなことに店のすぐまえまで来ていたのだった。ゆるやかな坂道の下に硬質なオレンジ色の光に照らされている色あせた看板をみつけた。波うつ文字は読めないものの、雑に描かれた魚やエビの絵がおどっているのが見えた。〈超ヒット日本〉にちがいない。時間帯が遅く、ガラス張りの店内に客のいるようすはなかった。

「やったぞ、貸し切りだ！」

ヒョーは顔をほころばせ、鰭脚歩行の急ぎひれで店へと向かった。

だが、歩道は予期せぬ段差だらけ。高速のテトリス画面のようにでこぼこになった赤レンガにけつまずき、派手に転んでしまった。ヒョーは横倒しになった樽のようにいきおいよく坂を転げ、そのままシーフードレストラン〈超ヒット日本〉のドアにたいあたりするようなかっこうで店のなかへと転がりこんだ。

そのとき店のフロアには機嫌のわるい猫みたいな顔をした男がいた。突如としてシーフードレストラン〈超ヒット日本〉の玄関に転がりこんできたアザラシを、男は屈《かが》んでうけとめた。男に助けおこされ、ヒョーは店のテーブルについた。男はがっしりとした手をエプロンで拭き、ヒョーに注文をきいた。

「いちばんうまいのをくれ。それとビールもたのむ」

男は表情を変えず、調理場にひっこんだ。案の定、ヒョーのほかに客はいない。ただひとり、ガラス張りの窓のそばに、だぼついたスウェット姿の女が立っていた。あたまのてっぺんからスニーカーのつま先までいやにカラフルだ。いかにも退屈そうな目で、ヒョーをじっと見ているようなかんじがした。なんだかおちつかない気分になり、ヒョーはそわそわしたが、すぐにそれが等身大の宣伝パネルだと気づいた。

注文はすぐに運ばれてきた。料理を盛った皿と壜《びん》ビールがテーブルに置かれた。皿には錆《さ》びついた湯たんぽのようなものがのっていた。湯たんぽにはあたまがあり、そこから目と触角らしきものが飛び出ている。

「なんだよ、これ？」

ヒョーは男にたずねた。

「三葉虫だ。見ればわかるだろ」

「わかるけどわかんないよ。なんで三葉虫が皿にのってるんだよ？」

「じっくり煮たんだ」

「いや、なんで三葉虫がいるんだよ？」

「最近増えたんだ」

「おかしいだろ。こんなの食えるわけないだろ」

「いちばんうまいのをくれといったろ」

二番目でいいよ。もっとふつうのやつでと、ヒョーは皿を押しもどし、ビールをラッパ飲みした。が、すぐにテーブルにそれをはきだした。なんだよこれといって、ひれにつかんだ壜に目を落とす。鮮やかな緑とオレンジ色がなめらかなカーブを描くパッケージ。大きなロゴが刻まれているが、ヒョーには字が読めない。

「見たことないラベルだな」

「モンサントだ。いちばん人気のビールだ」

「これが人気なのか？」

宣伝に力を入れてるからだろうなと、男は窓辺のパネルをゆびさした。いわれてみれば等身大の女は緑とオレンジのイメージカラーで髪や衣服が統一されていた。

化学物質の混じった汚水を口にふくんだみたいな後味に、ヒョーは無性に歯みがきがしたくなった。そうはいっても、もうがまんができないほど腹がへっていた。ヒョーは水道水となにかべつの料理をもってきてもらうことにした。

「いまはこれしかない」

男が運んできた皿には、平べったい巻き貝がのせられていた。男のがっしりとした手のひらほどもある大きな貝だ。錯視をおこしそうな白と褐色の縞《しま》模様。丸まりすぎた羊の角のように見えなくもないが、殻の口から何本もの触手がうにょうにょと顔をのぞかせていた。

「もしかしてアンモナイトか？」

「オウムガイだ。このへんじゃアンモナイトは捕れない」

そっか、オウムガイかとヒョーはおもいつつ、

「もっとふつうのシーフードはないわけ？」

「なにをいってるんだ？」

「いや、魚とかそういうやつのことだよ」

「そんなもの捕れるわけがないだろ」

「うちじゃ、しょっちゅう食べてたけどな」

「冗談はよしてくれ。それっぽく見えるように成形した合成食品でも食ってたんだろ。目玉が飛び出るような大金持ちでもなきゃ、ほんものの魚を取り寄せるのは無理だ」

ふうんと鼻を鳴らしてヒョーはオウムガイをのぞきこむ。小さな穴のあいた白い目がヒョーを見かえしていた。

「毒とか、もってないよな？」

「おい。そんなにうちの飯がいやなら、よそでバッタやゴキブリでも食ってればいいだろ」

なんだよそれとヒョーは顔をしかめ、ナイフでオウムガイをつつきはじめた。油で揚げたらしく、表面がぱりぱりと音を立てる。触手を一本ちぎり、ひれでつまんだ。意外とわるいにおいではない。しばらくじっと見つめていたが、男の視線をかんじ、ヒョーはそれを口に入れた。すぐに目をまるくして、しきりにまばたきをする。

「これ、食べられるやつだ」

「あたりまえだ」

ヒョーはオウムガイをむしゃむしゃと食べた。貝のようでもありイカのようでもある食感だった。おかわりを頼み、たちまち螺旋《らせん》状の殻がテーブルにうずたかく積みあげられる。一心不乱な食べっぷりに、いったいいつ息つぎをするんだと男がおどろくほどだった。

まるくふくれた腹をさすり、もうこれ以上は食べられないなとヒョーは大きなげっぷをした。お客さま、もう一匹ものこっておりませんよと顔をほころばせて男は一枚の紙切れをヒョーにさしだした。

「なんだいこれは？」

「お会計でございます」

紙をのぞきこんでみたが、ヒョーにはなにが書いてあるのか理解できなかった。

「お会計ね。とりあえず店長を呼んでくれよ」

ヒョーがいうと、男は怪訝《けげん》な顔つきになり、

「ええと、わたしにいっているのかな？」

「ほかにだれがいるのさ」

「わたしが店長のラーゲルなんだがね？」

ヒョーは目をぱちくりさせ、

「へー、従業員かとおもったよ」

男は鼻をぶるんと鳴らし、

「従業員など糞食《くそ》らえだ。そんなもん人件費のむだにしかならん」

なら、話が早いやと独りごちるようにいい、ヒョーは男の目をじっと見つめて発音した。

「シベリアーリョ・ヘヘ、ヘヘヘ、ヘヘヘノヴィチ・チェレンコフ」

〈ボス〉の名前を出せば、ただでごちそうにありつけるのだ。だが男は首をかしげた。

「なんだって？」

「知ってるだろ」

「ヘヘヘノヴィチだろ。もちろん知ってる。だが、それがどうした？」

「うちの〈ボス〉だよ」

男はさっと眉間《みけん》にしわをよせ、機嫌のわるい猫みたいな顔にもどった。

「おまえの〈ボス〉だと？　なんてこった。とんだ糞野郎を客に迎えちまったようだな。おまえらみたいな連中が不法投棄やらなんやらで海を汚しやがったんだ。おかげでこっちは商売あがったりだ！」

声を荒らげテーブルをたたく男に、ヒョーは首をちぢめながらも、

「そいつは誤解さ。〈ボス〉は海をきれいにしようとしてたんだから。なんだったっけな。あの〈なんとかスクリュー33〉とかいう船でさ」

「原子力潜水艇だろ。はでな事故をおこしやがって。このぶんじゃ三葉虫やオウムガイすら食えなくなっちまう。まったく腹の立つ反吐《へど》下衆《げす》野郎だ！」

「おい、口のききかたに気をつけたほうがいいぞ」

「なにがだ？　やつはもう死んだ。組織も壊滅だっていうじゃないか。ふん、のこったのがペットのアザラシだけとはな。おまえみたいなやつになにができるっていうんだ？」

密猟されたアザラシは一頭や二頭じゃないんだぞと、ヒョーはいいかけた。だが考えてみれば、ほかのアザラシがどこでどうしているのか、まるで知らない。だいいち、アザラシの軍勢が店に押しかけてどうなる。店の前にごろごろひしめき、まったりたむろするのがせきのやまだ。シベリアーリョ・ヘヘヘノヴィチ・チェレンコフとその同志たちのように、縦横無尽に切ったり撃ったり吊《つる》したりできるわけじゃない。

「とにかく、金はきっちり払ってもらおうじゃないか」

ヒョーのぶあつい腹を射抜くようににらみ、男は鼻の穴をひくひくふるわせた。

灯台のあかりが夜をしずかにかきまぜていた。十五秒おきに町を黄色く浮きあがらせるその灯台は、海に囲まれた岩壁の島に取りのこされるようにして立っていた。〈超ヒット日本〉の薄暗い調理場の窓には、ぼんやりとそのあかりを見つめるアザラシが顔をのぞかせていた。遠くのほうで船の汽笛がきこえていたが、その姿は見えず、まるで難破船のすすり泣きのようだった。

ヒョーはしおれた顔で視線を落とし、しびれたひれをゆっくりとさすった。店を閉めてからずっと、調理場で何匹ものオウムガイをたたき殺していた。直径二十センチから三十センチほどの貝殻はおもいのほかがんじょうで、〈ラーゲル店長〉はたたき殺すのにいつも難儀していた。それがすめば、あとは煮えた油にまるごとほうりこむだけなのだが、〈店長〉はそのもっとも手間がかかる作業を、もう何週間ものあいだ、ヒョーに肩替わりさせていた。

ヒョーがひれをうならせぶったたくと、オウムガイは触手をだらりとさせ、目の穴は生気をうしなった。オウムガイはおもしろいようにぐったりとなった。だがそれも最初のうちだけ。いつもゆうがたになると運ばれてくる大きなかごにつまれたオウムガイの山に、ヒョーのひれはあっというまに赤く腫《は》れあがり、ろくにものもつかめなくなるほど、じりじりとしびれるようになっていた。

たたき殺すのはオウムガイばかりではなかった。星形の軟体生物や、天の川のような模様をしたオオウミウシなどは、さほど手間がかからなかったものの、ごつごつとした三葉虫や、ひときわ硬い背中をしたカブトガニには、ひどく苦労させられた。

よくわからない海産物を連日連夜めったやたらにたたきつづけたあげく、自分のほうが死んだようにぐったりとしてしまうこともしばしば。おまけに客が来れば給仕をいいつけられる。気をゆるめれば、

「手を休めるな！」

と、〈ラーゲル店長〉の大きなこぶしが飛んでくる。

ヒョーは無銭飲食したぶんを働いて返すよう要求されたのだが、飲まず食わずで働くわけにもいかず、夜には、においのわるくなった残り物のオウムガイを食べさせてもらっていた。疲れにまかせてヘドロのつまったごみ袋のように冷たい床で眠れば、

翌朝には、その食事代を働いて返すよういわれるのだった。

働かざるもの食うべからず、というのが〈ラーゲル店長〉の口癖だった。労働ほど

尊く価値のあるものはないのだと、ヒョーはことあるごとにきかされた。

ある夜、ヒョーは包帯をぐるぐる巻きにしたひれで抗議をしにいった。

「働くってのがそんなにえらいわけかい。だったら奴隷《どれい》が世界でいちばんえらいってことになるよな？」

客のひいたフロアで、〈ラーゲル店長〉はテレビが放つ青い光に顔を染めたまま、屁理屈《へりくつ》は死んでからいえとあしらった。ヒョーは負けずにいいかえす。

「三葉虫なら、みんな死んだよ」

〈店長〉はいすをきしませ向きなおり、モンサントをすすった。テレビは耳の痛くなるような音楽をがなりたてていた。

「カブトガニはぜんぶ殺したか？」

「まだだけど」

「へらずぐちをたたいてる暇があったら、自分に与えられた仕事をまっとうすべきだとはおもわないか？」

「その仕事のことで相談したいんだけど」

「問題でもあるのか？」

「おもったんだけどさ。金をもらってないのはおかしいよな」

「毎晩オウムガイを食わせてやってるじゃないか」

「半分腐りかけたやつだろ。だいたい仕事って金とひきかえにやるものなんだろ。このままじゃ、いつまでたってもここを出られない」

〈ラーゲル店長〉は、これまでにないほど不機嫌そうな猫の顔をして、ヒョーをにらみつけた。

「おれはきさまの命の恩人だ。食うに困っていたところを助けてやったのを忘れたのか。そのおれに向かって、どうしたらそんな口がきけるんだ？」

「だけどルールってものがあるだろ」

「労働者は雇用者に全幅の信頼をおいて従う。それが社会のルールってもんだ」

「社会っていうのが、なんのことなのか見当もつかないけどな」

ヒョーが顔をしかめてみせると、〈ラーゲル店長〉は教えてやるといって、テーブルのメニューを投げてよこした。

「なんて書いてある。読んでみろ」

床に落ちたメニューをひろい、ヒョーは読むそぶりをする。

「ええと、この写真はオウムガイで、こっちの皿は三葉虫だ」

「おれは、読んでみろといったんだ。きさまは字が読めんのだろう。読み書きもできないやつに給料を払えというのか?」

ヒョーは鼻から息をもらし、顔をあげる。

「字が読めるのが、そんなに重要なわけ? あれって不便じゃないか。だって文字に書けないことはどうなるのさ。世界は文字に書けないことでいっぱいなんじゃないのか?」

〈ラーゲル店長〉は左右に視線を走らせ、きゅうに声をひそめた。

「大声を出すな。検閲の話か? その手の話はやめておいたほうがいいぞ」

「そんなの知るかよ。きっとあんたは流れ星を見ても、映画のオープニングみたいだなんておもったりするようなタイプなんだろうな」

すぐに〈店長〉は口をひん曲げ、かぶりをふった。

「カブトガニがのこってるんだろ。くだらん話は終わりだ。口より先に手をうごかせ」

「これ、手じゃなくて、ひれだぞ」

ヒョーが包帯巻きのひれをひろげてみせると〈ラーゲル店長〉は舌打ちをした。そうして、

「いいかげんにしろ!」

とテーブルを突きとばして立ちあがり、ヒョーの腹をおもいきりけりあげた。ヒョーは汚れた床にうずくまる。〈店長〉は重たい靴でヒョーの顔をふみつけながら大声でわめいた。

「この役立たずめ。切り刻まれてメニューにされたいか！」

ヒョーはよこざまに押さえつけられながら、シベリアーリョ・ヘヘヘノヴィチ・チエレンコフと邸宅〈生命線プラザ〉で暮らしていたころのことをおもいだしていた。なんだかずいぶんと遠い昔のことのようにおもえた。店のガラス張りの窓をなでつけていく灯台のあかりが、ヒョーの意識をぼんやりとさせていった――。

調理場のせまい窓からのぞく街路が灯台のあかりに黄色くにじみ、ヒョーはまたひれをさする。のら猫が大きな影を路地にうろつかせていた。

ヒョーはひげをだらりとたらして猫をながめた。残飯めあてだな。すこし多めにのこしてやるか。昼間は暑いから、ああして夜に活動するんだろう。自分だって耳をつけりゃ猫っぽい。そうだ、〈ラーゲル店長〉なんかより、ずっと猫っぽいぞ。猫とアザラシってのは、遠い親戚《しんせき》なんじゃないだろうか。きっと祖先がどこかで枝分かれして、海と陸とにはなればなれになったんだ。

こうなったらいっそ、猫のふりをして仲間に入れてもらうというのはどうだろう。

いっしょに夜更《よふ》けの町をさまよいあるき、飲食店の残飯をいただくんだ。そしたらこんな生活からおさらばできる。

でもだけど、猫のようにひょいひょい瓦礫を潜《くぐ》りぬける自信はないなあ。ぐずぐずしてたら、たちまち置いてけぼりだ。ゴルフカートのハンドルやシートが略奪されてなかったら、まだなんとかなったかもしれないけどな。でもこの町の路面はあまりにでこぼこすぎる。やっぱり無理かもな……。

3

ひょろりとしたからだにピンク色のシャツをまとった無精髭《ぶしょうひげ》の男が店の入り口に姿をあらわしたとき、ヒョーはシベリアーリョ・ヘヘヘノヴィチ・チェレンコフが大きな図鑑で見せてくれた、うつくしいフラミンゴの写真をおもいだした。フラミンゴはアンデスの高地にある鏡のような湖で、ピンクの首をすらりとのばし、黒いくちばしを左右にゆらしておどりをおどるのだという。こぎれいな身なりの男には見えたものの、潮のように客がひき、つかのまの休憩を取ろうとしていた昼下がりのことでもあり、ヒョーは男がかたぎのものなのかどうか、すこしいぶかしくおもった。男はテーブルにつくと、注文を取りにきたヒョーをじっくりとながめた。

「従業員か、めずらしいな。〈ラーゲル店長〉はどうした?」

「裏でテレビ見てる。呼んでくるかい」

「いや、飯を食いに来ただけだ。とりあえず酒をくれ」

「あんた、働いてる?」

男はサングラスをずらし、怪訝な顔をした。

「当然だろ」

「給仕、それともマフィア?」

「なんだよ、その二択は?」

「働かざるもの食うべからずって、店長がうるさいからさ」

「金ならある。さっさと飲み物をもってこいよ」

ヒョーはふうんと鼻を鳴らし、カウンターの奥から冷えたビールをとってきた。緑とオレンジのラベルにくるまれた壜をいちべつし、男は顔をしかめる。

「モンサントなんて、だれが頼んだ?」

「酒をくれっていったろ」

「おれはこんな酒、飲まないぞ」

「いちばん人気なのに」

「貧乏人のあいだではな。下水に流してみろ。おかしな生物がうようよわいてくる」

「栄養たっぷりなわけ?」

「いかれたコーンスターチのせいさ。遺伝子組み換えトウモロコシを使ってるだろ。

やたらめったら大量生産。金稼ぎにはもってこいだが、農薬たっぷり、発がん性物質はてんこもりだ。安物しか買えない貧乏人が、ほどよいころあいに病死するのも計算のうちなんだろうな」

「どうりでまずいとおもったよ」

「だろ。宣伝にのせられてるやつらは気にもしないがな。アトミックをくれ」

と、男は壜を押しやった。

「なに？」

「アトミックだ。チェルノブイリ産のウォッカ」

「えっと、それどんなラベル？」

「無人の穀物畑をイノシシがうろついてるやつだ」

「あれ、飲み物だったのか」

ヒョーは調理場にあった壜をおもいだし、鰭脚歩行でカウンターにひきかえした。

ヒョーのひどくのろのろした足どりに男はしびれを切らし、食事もいっしょにたのむと注文をつけた。二十五分ほどかけてテーブルに運ばれてきたオウムガイに目を落とし、男は大きくため息をついた。

「三葉虫はないのか？」

「あるけど、こっちのほうがうまい」

「いや、おれは三葉虫が食べたい」

「正気かよ。かわった客だな」

「アトミックには断然、三葉虫だ。こいつはぜったいゆずれない」

五分以内に頼むぞと何度も念を押され、ヒョーはない肩をすくめながら、

「ノビチョクもお持ちしますよ」

と、またのそのそとカウンターにひきかえしていった。

フロアにもどるのに、やはり二十五分かかった。なかなかはやかったろ、といって三葉虫が盛られた皿をテーブルに置くと、男はガラス張りの窓のほうへ目をやったまま、独りごちるようにいった。

「見ろよ、いい女じゃないか」

視線のさきには、モンサントのパネルがあった。くっきりとした緑とオレンジの服に身を包んだ等身大の女だ。女はモンサントの壜を手にさげ、もう片方の手ににぎったスマートフォンを退屈そうにのぞきこんでいた。客引きのために〈ラーゲル店長〉が外へ出しておいたらしい。ヒョーは首をかしげた。ひれは貧弱だし腹もまるくない。どこがいい女なのだろう。おい、そんなにまじまじと見るんじゃないとにやけた顔で

視線を漂わせる男に、ヒョーはそうかとうなずき、

「ありゃ、等身大のパネルだぞ」

と教えてやった。男は目が覚めたように肩をびくりとさせ、

「なんだ、まぎらわしいな」

と、ごまかすように咳払《せきばら》い。グラスについだアトミックをすすった。ヒョーが髭をひくつかせ、なにげなく通りに視線をもどすと、パネルの女がひょこひょこと歩き去っていくのが見えた。広告そっくりのかっこうをした、ほんものの人間だったのだ。生きてるのか死んでるのかも区別がつかないなんて、自分はそうとう疲れてるらしいなとヒョーは鼻から息をもらした。

ヒョーは男に女のことを教えてやろうとおもった。だが男はチェルノブイリ産のウォッカに舌を浸し、上機嫌な顔でグラスを回転させている。このままほうっておいて、すこし休憩したほうがよさそうだと、ヒョーがカウンターにさがろうとしたところ、

「おい、三葉虫がうごいたぞ！」

男がだしぬけに叫んだ。

「なんだい、もう酔っ払ったのかい？」

ヒョーがとぼけた顔でのぞきこむと、三葉虫が左右にずらりと並んだ足を、皿のう

えでがさごそとうごめかし、顔からのびた二本の触手を小刻みにふるわせているのが見えた。ヒョーは間髪をいれず、ひれをうならせ三葉虫をぶったたいた。皿はわれ、三葉虫は息の根をとめられた。

「すまねえ、口よりさきにひれが出ちまった」

だれにともなくヒョーはつぶやいた。このところ、こうしたことがたびたびおきていた。客がナイフで刻んだ三葉虫の腹に、みっしりとプラスチックがつまっていたこともあった。調理場で殺すまえに口から吐き出させなかったとは、どういうつもりだと〈ラーゲル店長〉に責められ、腹に数十発ものけりを入れられたこともあった。

「なんてことしてくれたんだ」

男は両手をひろげ、シャツに目を落としていた。ピンク色がアトミックをかぶり、濃い赤に変色していた。おい、〈ラーゲル店長〉！　と男が大声をあげるので、ヒョーはとっさに、

「あうあうあう――」

と、口をぱくぱくさせて歌を歌いはじめた。この〈へまが〈店長〉にばれたら、どんな仕打ちをうけるかわかったものではない。最近では口をひらいただけで殴られるのだ。もうまともに話しあう気持ちにはなれなかった。ヒョーは必死にいいかげんな歌

をハミングし、男の声をかき消そうとした。

服に染《し》みたアトミックを拭《ぬぐ》う手をとめ、男は顔をあげた。あうあう歌うアザラシを、ぽかんと口をあけてながめる。それから急に腰を浮かすようにして、

「おまえ、歌えるのか？」

奥から〈ラーゲル店長〉が飛び出してくる気配がないのをたしかめ、ヒョーは髭をゆらりとさせた。

「小気味のいいハミングぐらいならね」

「独学か？」

「まあね」

「生まれはどこだ？」

「さあね」

「なぜこの町にいる？」

「理由はないよ」

「漂着したのか？」

「どうだかね」

密猟されてきたことを隠そうと、ヒョーは素知らぬ顔ではぐらかした。男は座れよ

といって、いすをすすめた。それからしばらく値踏みするようにヒョーを見つめ、

「なにアザラシなんだ?」

「ヒョウアザラシだって〈ボス〉はいってたな」

「〈ボス〉?」

ああしまったと、ヒョーはうつむきかげんになり、〈ボス〉は〈ボス〉さとあいまいにひれをゆらした。男は待てよとつぶやき、すぐに、給仕かマフィアか——と小声で反芻《はんすう》した。

「おまえ、あのチェレンコフに飼われてたアザラシか?」

ヒョーはあうあうあうという、よわよわしいハミングでごまかそうとしたが、男の確信をえた目つきに肩をすくめ、飼われてたっていうか、〈生命線プラザ〉でいっしょに暮らしてたのさと返事をした。男は額をぴしゃりとたたき、わらいをこらえきれないといった調子でいすにもたれる。

「こりゃまいったな。チェレンコフのペットだったとはな。箱入り娘ってわけか。いや、オスか。オスだよな? 箱入り娘のオスだな。そうだ。そうだよな。ま、トノサマバッタのメスってのもいるから、べつにおかしくないな。はは。だけど考えてみりゃ、全員トノサマってのもおかしいよな? 家来がひとりもいないなんてな。あっち

もこっちもトノサマだらけ。わらっちまうよな。いや、そうでもないか。世界じゅう独裁者だらけだもんな。うようよいすぎて、こんなことを口走っただけでも殺されかねないいきおいだ。はははは」

なにがおかしいのか、やたらと上機嫌にまくしたてる男に、ヒョーは鼻をむずがゆそうにひくひくとさせた。

「バッタが食べたいんなら、よその店にいけよ」

「いや、すまん。だけど、なんでまたこんなとこで給仕なんかしてるんだ？」

「ちょっとばかしオウムガイを食べすぎただけさ」

ヒョーが無銭飲食の件を話すと、男はことのほか真剣に耳をかたむけた。そうして話をすっかりききおえると、ヒョーの目をのぞきこむようにしていった。

「この先、どうやって暮らしを立てていくつもりだ？」

その声に、からかうような調子はなかった。

「給仕かな。一生ここから抜け出せないみたいだ」

髭がだらりとたれ、ヒョーの顔に生気がなくなる。男はテーブルにひじをつき、アトミックの壜を横に押しのけた。

「じつは人材を探してるんだ」

いわれた意味がわからず、ヒョーは目をしばたたかせた。

「人材ってのは、食材みたいなやつかい?」

「おい、恐ろしいことというなよ……」

「あんたがだろ」

人材だなんて、人を材料と見ているようで、なんだかおそろしい言葉だとヒョーはおもった。男は質問を無視し、文字の印刷された一枚の紙切れをアトミック色のポケットから取り出した。さしだされたところで、なにが書かれてあるのかヒョーにはわからなかった。

「なんだいこれは?」

「名刺だ」

「なんて書いてあるんだい?」

「アルケミスト。錬金術師さ。埋もれた才能を発掘し、収益にむすびつける仕事をしてる」

「名前は?」

「〈座座座テレパス〉だ。よろしくな」

「〈テレパス〉ね。超能力でも使えるわけ?」

「使えるわけないだろ。おまえ、歌手になってみる気はないか？」

歌手といわれ、ヒョーはとたんにうっとりと表情がゆるんだ。

「歌手ねえ。うん、いちどでいいから歌手っていうのになってみたいもんだな」

「なら決まりだ。おまえを歌手にしてやる」

「ほんとうかい？」

「もちろんさ。おれの得意分野だ」

〈座座座テレパス〉の確信をもった顔つきに、ヒョーは世界がいっぺんに押しひろげられていくような感覚がした。

「だったら〈ボス〉のビッグな楽団を紹介しようか？　あのサウンドはとにかく最高なんだ。そうだな、ジーン・オースティンみたいなクルーナー歌手はどうだい？　でなきゃ、インク・スポッツみたいなヴォーカル・グループもいいよな？」

堰《せき》を切ったように語り出すヒョーを〈テレパス〉はにこやかに押しとどめた。

「あした、むかえに来る。かまわないだろ？」

とたんにヒョーの視線がおちつかなげにゆれうごく。すぐにうなだれ、ため息まじりにつぶやいた。

「やっぱりだめだ。〈店長〉がゆるさない。なにしろ借金まみれだからな」

よわよわしい声で、ひれをぶらぶらひるがえす。

「心配するな。おれが話をつけといてやる」

〈座座座テレパス〉は口もとをにっとさせ、われた皿のうえでぐったりとしていた三葉虫の殻をむきはじめた。


「ああ、まただ。またしゃべりやがった」

ヒョーは独りごちた。その夜、いつものように調理場でオウムガイをたたき殺していると、かすかな声がきこえてきたのだった。

「殴らないでくれ……」

口のまわりに生えた無数の触手をうごめかせて声を発するオウムガイ。空調もなく蒸し暑い調理場。ヒョーはその声に、あたまの奥がどんよりと重くなる。これがはじめてというわけではなかった。はじめは空耳だとおもっていたが、仕事中にラジオを聴くのを禁じられてから、しだいにはっきりと声がききとれるようになっていた。オウムガイばかりでなく、カブトガニや三葉虫がしゃべることもあった。あざやかな青と黄色のオオウミウシがうめくように言葉をもらすこともあれば、星形の軟体生物がささやきかけてくることもあった。

「殴らないでくれ……」

ぶつぶつとくりかえすオウムガイに、ヒョーはため息をもらした。

「頼むから、すこし黙っててくれないか?」

すこしどころか、これから永遠に黙ることになるのだが。こんなことをいってひれを打ちつける自分と、怒鳴りちらして自分を殴る〈ラーゲル店長〉とどうちがうのか、ヒョーはどうもわからなくなっていた。

「殴らないでくれ……」

オウムガイは声をかぼそくふるわせる。

「しゃべらないでくれといったろ」

ヒョーはやはり独りごちるようにつぶやいた。

「なぜ殴るんだ……」

きのうまでは無視していた言葉だった。ヒョーは力なくひれをさげ、作業台に横たわるオウムガイに目を落とした。

「仕事なんだ。殴れといわれてるのさ」

「仕事なら殴るのか……」

「食べていかなきゃいけないんだ」

「殴ると食べていけるのか……」

「そうだ」

「殴ってどうするんだ……」

「殺すんだ」

「死ぬのか……」

「ああ」

「食べるのか……」

「いや。でも、おまえを殺した報酬にべつのオウムガイを食べる」

「わけがわからないな……」

「わからないよ」

調理場の壁を灯台のオレンジ色のあかりがゆきすぎ、暗がりでヒョーはオウムガイを殴った。それきりオウムガイはしゃべらなくなる。脳しんとうだ。死にはしない。その場しのぎのごまかしだとわかっていた。まえにもおなじことをした。固い殻のおかげで熱い湯やたぎる油の責め苦にも耐え、死をまぬかれた個体が、そのまま客に出されることもあった。

「〈マルケス〉っていう肉屋が死ぬ直前にいったことらしいんだけどさ。〝動物を屠殺《とさつ》するときも、そいつの目を見ないようにするんだ〟って。それに〝自分が手を下した動物の肉は食べることができない〟んだってさ。その言葉が、ずっとあたまにこびりついて離れないって〈ボス〉のシベリアーリョ・ヘヘヘノヴィチ・チェレンコフがいってたよ。なんだかわかる気がするよ。みんな平気な顔で動物を食べてるけどさ。こんなふうにだれかに殺させておいて、自分は食物連鎖とはまるで無縁だとおもいこんでるんだもんな。やりかたが汚いよな」

ヒョーは独りごちるようにいいながらおもった。どっちにしろテーブルで打ち殺す羽目になるのだ。いまここで殺すのと、客のまえで殺すのと、なにがちがうというのだろう。重苦しいため息がヒョーの口からもれる。

だが、あしたには自分は歌手になっているのだ。もう皿のうえでうごめくオウムガイの息の根を止める給仕はいなくなるというわけだ。そうおもいあたり、ヒョーはしだいに明るい気持ちになった。そして、〈ラーゲル店長〉にきこえないくらいの小声で、あうあうあうとハミングしながら、かごにつまれたオウムガイたちをつぎつぎと気絶させていった。

4

〈座座座テレパス〉のコンバーティブルに乗せられ、郊外にあるホームスタジオに案内された。〈テレパス〉は昨夜とおなじ、ピンク色のシャツを着ていた。きのうは気づかなかったが、明るい場所で見るとしわだらけでひどくみすぼらしくかんじられた。〈ゴザ=テレパス〉スタジオへようこそと部屋に通され、ヒョーはおちつかなげにあたりを見まわす。奥行きがあり、やけにがらんとしていた。想像していたよりも簡素だった。大きなスクリーンが奥の壁をおおい、反対側は広い掃き出し窓になっている。いびつな形をした水たまりみたいなプールと椰子《やし》の木のならぶ庭が窓から見えた。プールは干上がりごみだらけだし、椰子の木はどれもいちようにおなじ形をした安っぽい規格品のプラスチック椰子だった。

「〈ゴザ〉ってなんだい?」

「出資者さ。名前と金だけで、音楽的な口出しはしないから気にするな」

〈座座座テレパス〉はポケットからスマートフォンを取り出し、そこに立ってくれといった。ここかいと、スクリーンのまえに直立するヒョー。〈テレパス〉はサングラスをあたまにずらし、カメラのシャッターを切りはじめる。

「ここって写真スタジオなわけ？　てっきり音楽スタジオだとおもってたんだけど」

「両方だ。アーティストってのはポートレート、見てくれがなにより大事だからな。みんなの脳裏に強烈なイメージを焼きつけるんだ。すべてはそいつにかかってるといってもいいくらいさ」

　写真を撮られながら、ヒョーは壁際《かべぎわ》の積み荷のかげに、ギターをみつけた。対にならんだf字孔がなめらかなカーブを描き、ピックガードは精緻《せいち》な植物文様で装飾されていた。

「あれ、高そうだな」

「なにがだ？」

「ギターだよ。なんか弾いてくれよ、アグスティン・バリオスとかさ」

〈テレパス〉はスマートフォンで撮った写真を確認しながらこたえる。

「弾けないな」

「なら、好きな曲でいいよ」

「ギター自体、弾けないんだ。部屋の飾りに買ったのさ。でもいまどきギターもないよなとおもって飾るのをやめた」

「ふうん。レコードプレーヤーはあるかい？」

「そんなもんあるかよ」

音楽が回転する時代はとっくの昔に終わったんだ、レコードもカセットテープも、ハードディスクですらまわさない、いまの時代、音楽がまわすのは金だけさと〈テレパス〉は気のきいたことでもいってるみたいな顔で、にっと歯を見せてまばたきをした。

「なにか聴いて、気分を盛りあげたかったんだけどな」

ひれに大事そうにかかえていたザ・スリー・サンズのレコードに、ヒョーは視線を落とす。〈テレパス〉は写真のできに満足したらしく、なにかを独りごちた。それからテーブルの片隅にあったマイクとヘッドホンに手をのばし、スマートフォンにつないだ。

「こいつを聴いてくれ」

〈テレパス〉がよこしたヘッドホンを、ヒョーはわくわくしながら、つるつるのあたまにかけた。油断すれば、たちまちすべり落ちそうになるヘッドホンをひれでおさえ、音に耳をかたむける。ちきちきちきという三連符に、ぼうーんぼうーんという巨大なゴムまりみたいな低音が鼓膜をふるわせた。ヘッドホンがすべり、ヒョーのあたまからずり落ちそうになる。〈座座座テレパス〉は得意気なようすで、ヒョーの顔をのぞきこんだ。

「なかなかのリズムだろ」

「どうかな」

「それにあわせて歌ってみてくれないか」

〈テレパス〉が、ヒョーの背丈にあわせてマイクを立てる。

「なにを歌えばいいんだい？」

「なんでもいいさ。アドリブでな」

「もしかして、もう録音するわけ。それともリハーサル？」

「問題でもあるのか？」

ヒョーはとまどい気味にスマートフォンを見やる。

「や。ていうか、それなんなんだ？」

「iPhoneだ」

「それは知ってる」

「いいか、映画で悪人がiPhoneを使うのは禁止されてるんだ。ブランドのイメージがわるくならないようにな。つまりこいつをもってれば、おれが悪人じゃないと錯覚させることができるってわけ。無意識のうちにな」

「映画なんかどうでもいいよ」

「将来、映画に出られるかもしれないぞ」

「そんなもん出たかないね。そうじゃなくて、機材はそれだけなのかってきいてるんだ。もっといろいろあるかとおもってたんだけど」

「これだけあれば曲が作れる。みんなそうしてるんだ」

「〈ボス〉の楽団を呼んだほうがいいんじゃないのかい。〈生命線プラザ〉の仕事がなくなったから、よろこんで来てくれるとおもうけどな?」

「そういうのは流行《はや》らないな。金がかさんで効率的じゃないからな。デジタルでシンプルにすませるのが、いまの主流さ」

　演奏家の出番はなしかよと、ヒョーは独りごちた。シベリアーリョ・ヘヘヘノヴィチ・チェレンコフの高齢な楽団員たちからきいた昔話とおんなじだとおもった。経済的な理由で大きな楽団が解散や縮小を余儀なくされ、おおぜいの演奏家たちが音楽の世界から追いやられたのだ。

〈座座座テレパス〉がしきりに歌を歌うよう合図してくるので、ヒョーは気を取りなおし、ずりさがったヘッドホンの位置をもどした。きこえてくるリズムにヒョーは首をかしげる。それからすぐにその違和感の正体に気づいた。〈超ヒット日本〉で休憩しているときに、ラジオで聴いた曲とそっくりだったのだ。どうということのない歌やラップがのっていたが、リズムトラックがまったくのうりふたつだった。

「これ、聴いたことあるぞ？」

「おれが選んだのさ」

〈テレパス〉が口もとをにやりとさせる。

「選んだ？」

「ネットでダウンロードしたサンプル音源から、いまっぽい流行りのループを選んでならべたのさ。センスいいだろ」

「まったくおなじリズムを選んだやつがいたようだな。これじゃまるで盗作みたいだ」

「サンプルは買い切りで、著作権フリーだから問題ないさ」

「でも、ねたがもろにかぶってるだろ？」

ヒョーは目をしばたたかせたが、〈座座座テレパス〉はまるで意にかいさず、肩をすくめるだけだった。

「聴いたことあるってのは、むしろ大歓迎さ。みんなの耳になじんでるってことだからな。まるでCMみたいにさ。単純でわかりやすいものほど、よく売れるんだ。そうじゃないのは、作ってるやつの怠慢だ。時代はいま〝ポップ主義〟だ。意味、わかるよな。ポップ、ポップ、ポップ。コインの弾《はじ》ける音みたいだろ？　そういうのが金になるのさ」

〈テレパス〉は無邪気な笑みを浮かべ、指をぱちぱち鳴らした。ヒョーもつられて、ひれで腹をたたいてみたら、おもいのほか陽気な音が出た。いい調子じゃないかと声を弾ませる〈テレパス〉。ヒョーは腹をたたくのをやめた。

「なら、童謡みたいなのがいいのか。単純で耳になじんでるだろ。だけどラジオをつければ、どこもかしこも童謡ばっかり流れてたら、ちょっと退屈な気がするんだけどなあ」

「最大公約数さ。だれにでもすぐにわかるのがいちばんえらいんだ。ギャグなら下ねた、食事はビールにバーベキュー。曲はとにかくポップじゃないと。それ以外はごみだ」

やっぱり退屈そうだなと顔を曇らせるヒョー。それでビジネスが成り立ってるんだから問題ないだろ、退屈どうこうなんて、おれの知ったことじゃないと〈テレパス〉は鼻をふくらませた。

「いいか。こういっちゃなんだが、大衆ってのはばかなんだ。ばかにはばかな娯楽がおにあいさ。一九八四、オーウェル、ジョージ。ばかをばかな娯楽づけにして、ずっとばかなままにしておくんだ。そうしておいたほうがあつかいやすくて、おれたちも金もうけがしやすいだろ。これがビジネスの秘訣《ひけつ》ってやつさ」

ううん、ちょっと待ってくれよ、いってること、なんだかよくわからないや、なぜだかちょっとね、とヒョーは声が小さくなっていった。髭が頼りなくたれさがり、所在なげにひれをゆらめかせる。

ヒョーはいったいどんな気持ちで歌を歌ったものか、わからなくなっていた。そのようすに〈座座座テレパス〉は背中をぴしゃりとたたき、つとめて明るい声でいった。

「おい、心配するなって。セオリーどおりにやれば、まちがいなく売れる。だいじなのはマーケティングとブランディングだ。そういうのがひとりでできないようじゃ、いまどき生きのこれない。ま、でもおまえは特別だ。そのあたりのことはおれにまかせとけ」

「なんていうかその、涙ぐましいものなんだね」

いや、せせこましいっていうのかなというヒョーの言葉は、〈テレパス〉の耳に入らなかった。録音が再開され、いまひとつ気がのらないながらも、ヒョーはマイクに向かった。

ラジオで聴いた、ちきちきぼうーんというリズムに耳をかたむけ、なにがしかのひらめきがやってくるのを待つ。低音はたしかにここちよかった。だが、なぜだか空疎《くうそ》な気持ちになり、ハミングさえも出てこなかった。

「いつになったら歌い出すんだ？」

〈座座座テレパス〉がしびれを切らしたようにリズムを停めた。

「いま、感覚をつかんでるところさ」

なかばごまかすように、ヒョーはひれでマイクの向きを調節する。

「ぐずぐずするなよ。少なくとも最初の五秒のうちに声を入れなきゃだめだ。しょっぱなからひきつけてやるんだ。でないと、次の曲に飛ばされちまうからな」

「五秒？」

「最低でもな。できれば声から入るのが理想だ。おうとか、いえとか、あはとかでもいい。とにかく声がきこえることで、聴衆の耳を惹《ひ》きつけるのさ。こいつは莫大《ばくだい》なデータを分析して導き出されたセオリーだからまちがいない。その調子で十五秒以上聴かせられれば大成功。最後まで聴かなくても再生回数にカウントされて収益にむすびつくからな」

「そんなことまで決められてるんじゃ、みんな似たり寄ったりの曲になるのも無理ないな」

「おい、ここは自由な資本主義社会だぞ。売上がすべてだ。多様性なんてもんは口先だけでいいんだよ」

あとはどう宣伝するかっていうのが鍵《かぎ》だと〈テレパス〉はまくしたてた。

「宣伝とかって、よくわからないな」

ヒョーは目をぱちくりとさせ、遠回しに異議を唱えたつもりだった。だが〈テレパス〉は、そのためにおれがいるんだとヒョーのまるい肩をぽんとたたいた。

「まずはSNSで一発ぶちかますのさ。そこでみんなの気をひき、曲をクリックさせる。でもって十五秒間だけひきつけて、ポップポップポップ。コインがじゃらじゃら音を立ててあふれだすって寸法さ。この業界じゃ、みんなやってる。その手でグラミー賞まで獲《と》ったやつもいたっけな。うまいことやったもんさ。そしたらこんどは受賞後、第一弾のリリースで、十四秒まで声を出さずに、確実に再生数のカウント圏内に引きずりこむって荒技をやってのけた。なにを歌い出すか、だれもがその声に注目してる状況を逆手にとっての荒稼ぎってわけさ。あのやり口にはたまげたよ。たいしたもんさ。ま、とにかく販売戦略はおれにまかせてくれ。おっと、そうだった。メディアには、おれのいうとおりにはしなかったとこたえるようにするんだぞ。そのほうが自主独立精神あふれるアーティストに見えて、大衆のうけがいい――」

「なあ、なんなんだいこれは？」

中休みのとき、日当たりのいい窓際に置かれたいくつもの小さな鉢植えに目をやりながらヒョーはたずねた。鉢にはくるくるにうねったクラゲの脚みたいな濃緑色の植物が何本も生えていた。

「プラスチックの花さ」

〈座座座テレパス〉はあたりまえのようにこたえた。花はどこにも咲いていない。組み立てかたをまちがえたんじゃないのかとヒョーがいうと、毎日水をやってるから咲くはずだと〈テレパス〉はいいかえした。ヒョーはあんぐり口をあける。

「そんなの咲くわけないだろ？」

「説明書どおりに植えたんだけどな」

おかしいなと〈テレパス〉はいぶかしげに鉢をのぞきこむ。窓辺で鉢植えをいじる〈テレパス〉をそのままに、ヒョーはスタジオの奥のまっ白なスクリーンをなんとはなしにながめた。歌手をやるというのは、おもっていたのとは、ずいぶんかってがちがうみたいだ。もうやめてしまおうか。ヒョーは浮かない顔でため息をもらした。

だが、昼食に〈座座座テレパス〉が用意してくれた、アルビノイナゴのタコスを食べると、すこし気分がやわらいだ。〈バンクシー〉や〈プラナリアのスヅキ〉が作ってくれたスシリトーには遠くおよばないものの、腐りかけたオウムガイに比べたら、断然ましだった。

ここで歌手になるのをやめたら、また〈超ヒット日本〉でオウムガイを殺しまくる仕事にもどらなければならなくなる。食べていくためとはいえ、ぶつぶつ言葉をつぶやく相手を次から次へとたたき殺していく作業は、あまりに気が滅入《めい》った。ちょっとひれを休めれば、たちまち〈ラーゲル店長〉のこぶしが飛んでくる。店を飛び出し、海や川で魚を捕って生きていこうかと考えてみたこともあった。だが自分は、プールですら溺《おぼ》れるアザラシだ。とてもじゃないが、さかまく波をかいくぐって野生の魚を捕まえるなんて芸当はできる気がしない。

それをおもえば、すこしぐらい歌手稼業《かぎょう》のかってがちがうからといって、なんだというのだろう。あまりにくよくよしすぎだぞと、ヒョーは自分にいいきかせた。シベリアーリョ・ヘヘヘノヴィチ・チェレンコフがへまをやらかし死んでいった人間たちのことをふりかえり、欲をかきすぎたんだなと口癖のようにいっていたのを、ヒョーはおもいだした。なにもかもが理想どおりというわけにはいかないものだ。

この町で生きているのは、目の前でにやにや首をゆらしている〈座座座テレパス〉と自分だけなのではないだろうかというほど気だるい暑さが空からおおいかぶさっている午後、録音作業は完了した。タコスで気分を取りなおしたおかげか、おもいのほかうまく歌えたという感触があった。

にもかかわらず、やけに泡立つ濃緑色のカクテルを飲みながら、〈テレパス〉といっしょにできあがったものを聴いてみると、流行のリズムにアザラシの声がのっただけの、ごくごく平凡なポップスでしかなかった。

それでも曲としてとりあえずの形になってはいたし、あしたあさってと録音を重ねていけば、しだいにいいものができていくのではないかという予感があった。それは、ほぼ確信に近いものだった。

実際すでに、ヒョーのあたまのなかには、いくつかのアイデアが芽ばえはじめていた。まず、リズムをそっくりさしかえ、やや変則的に崩す必要がある。全篇《ぜんぺん》四拍子の均一なトラックに、一小節か二小節ほど、六拍子のリズムをわりこませるとよさそうだ。同時に、シベリアーリョ・ヘヘノヴィチ・チェレンコフの楽団員を二、三、呼んで、ダルシマーかコラ、あるいはトンコリをつけくわえれば、格段に曲の表情が鮮烈になる。これで全体的な雰囲気も見ちがえるにちがいない——。

そのことにおもいあたると、ヒョーは今後の録音がこのうえなくたのしみになってきた。ひれをはためかせて〈テレパス〉に水を向けると、反応はそっけないものだった。録音作業はこれですべておしまいだというのだ。

「あとは外注にまわして、ほどよくまとめてもらう。といっても、クレジットに名前が載るのはおまえだけだ。ひとりでこの曲を作りあげたってことにするのさ。そのほうがアーティスティックで、うけがいいからな」

〈テレパス〉は壁のスクリーンに、けさ撮影したヒョーの写真を映し、どれをポートレートにするかと吟味しはじめる。ヒョーは髭の先をくるんとまるめた。

「でもこのままじゃ、できあいの素材に歌をのっけただけだよな?」

スライドしていた画像をとめ、こいつがよさそうだと〈テレパス〉は独りごちる。

それからヒョーに向きなおり、

「で、ストーリーは考えたか?」

意表外な質問にヒョーはぽかんとした顔になる。

「なんだい、それは?」

「パーソナリティだよ」

「ジョニー・マーサー?」

「なんだって?」

「いや、なんでもない」

ヒョーは口ごもった。とっくにわかっていたことではあったが、音楽の好みが自分とはまるでちがうんだなと、すこしばかり悲しい気持ちになった。ヒョーの鼻先に浮かんだかすかな陰りに、〈テレパス〉は気をとめることもなく、それよりむしろ、あたまのにぶいぼんやりとしたアザラシのようだなといった顔つきで、いくぶんいらつきながらも、熱心に説明しはじめた。

「大衆に向けて、おまえのストーリーを語るのさ。ようはキャラクター作りってやつだ。人気を得るのには欠かせない。けど、そんなむずかしく考える必要はないぞ。典型的なシンデレラストーリーでも、じゅうぶん機能するからな。過去にいじめられてたとか、メンタル的な問題を抱えてたとかでいい。つまり、困難な状況のなか、音楽だけをこころの支えとして生きてきた——みたいな話さ。あるいはふとしたことがきっかけで音楽に目覚め、眠っていた才能が開花したっていうパターンでもいい。どうだ、なにかありそうか?」

ヒョーは二秒ほど考え、

「とくにないな」

と、ひれで腹をかいた。〈テレパス〉は軽くため息をもらす。

「いまどき、歌うアザラシってだけじゃインパクトに欠けるんだよ。もうひとつ個性がないとな。極貧で毎日の夕食が水道水をかけたコーンフレークだったとか。それか特殊な家庭環境だったせいでホームスクールで育てられたとかさ?」

「うちの〈ボス〉がそんなこととするわけないだろ」

〈座座座テレパス〉は、泡のすくなくなった濃緑色のカクテルグラスを置き、真剣なおももちでテーブルにひじをのせた。

「おい、いいか。大衆ってのは、ストーリーに金を落とすんだ。音楽を聴くとき、ほんとうに聴いてるのは音そのものじゃない。アーティストのストーリーを聴いてるんだ。その存在に共感したり、憧《あこが》れたりしながらな」

「ストーリーなんか知らないけどな」

と、ヒョーはテーブルに置いたザ・スリー・サンズのレコードを視線でさしめす。ジャケットに写る、にこやかな男たちの人となりや人生を、ヒョーはなにひとつ知らなかった。実際、かれらの名前どころか、ろくに顔も見わけられないほどだった。だが〈テレパス〉はレコードには目もくれず、

「なにかしらあるはずさ。些細《ささい》なことでも誇張すれば、いいねたになるしな。ま、最悪でっちあげるっていう手もあるが、最低限のリアリティはもたせたい。だいたいおまえはその、とんでもないやつに飼われてたわけだろ。あのチェレンコフにさ。どうだった。毎日ひどいもんだったんじゃないのか？」

「ひどいのは〈超ヒット日本〉の〈ラーゲル店長〉さ。毎日怒鳴られなぐるけるだ。そういうのはストーリーにならないわけ？」

「あー、あそこの料理はおれのお気に入りなんだ。あまりねたにするのは気がすすまない。それにそんなに昔のことでもないだろ。それだとストーリーとして弱いんだよ。〈サハリン・マフィア〉のほうがインパクトがある。とんでもない虐待《ぎゃくたい》をされてたんじゃないのか。身の毛もよだつようなさ？」

「いいや、なに不自由なく、満ち足りた暮らしだったよ」

昔をなつかしむように遠い目になるヒョーの顔を〈テレパス〉はじっとのぞきこんだ。

「おい、チェレンコフは死んだんだぞ。いまとなっちゃ、悪口をいったからって復《ふく》讐《しゅう》される心配はない。もうおまえは、なんでも好きなように話していいんだ。ありのままの事実をな」

「どういうことさ？」

「暴虐な飼い主から解放されて自由になったんだ。そしてついにおもいのままに音楽を謳《おう》歌《か》できるときがやってきたってわけさ」

「音楽はおもいのままに楽しんでたぞ」

「だが暴虐だったろ？」

「だれがさ。〈ボス〉ほどやさしい人間はいないよ。それに同志たちもみんなみんなやさしかった。いまはもうひとりもこの世にいないけどな」

「そうおもいこまされてたってわけか」

案外しつこいんだねと、ヒョーはあきれたようにひれをばたつかせ、

「そんなにストーリーが必要ならさ、〈ボス〉とその同志たちをうしなった嘆きを歌にしたってことにでもすればいいだろ。正直そういうのは、ぜんぜん趣味じゃないけ

ど」

「ふつうなら、それでいいんだけどな」

〈座座座テレパス〉は言葉をにごす。

「だめなのか？」

「おまえら、ふつうじゃないだろ。とんでもない犯罪者集団だ。連中が死んで同情してる人間なんて、ひとりもいない。悪党たちが死んで悲しんでるなんてストーリーじゃ、だれも共感してくれないんだよ」

ちょっと待ってくれとヒョーが顔をつきだす。

「あんたら人間ってのは、共感でしかものを見れないわけ？」

「そりゃそうだろ。なんだとおもってるんだ？」

「いや、どこまでも自己中心的なんだなっておもっただけさ」

「他人に共感するのと自己中とじゃ、まるっきり正反対だぞ？」

「だれかに共感するってのは、あたかも自分のことのようにかんじるってことだろ。それがかんじられなければ、相手になんの興味ももてないってことだ。そりゃ山火事もなにも消えないはずだ」

ヒョーは鼻をぶるんと鳴らした。鼻汁が〈テレパス〉のカクテルグラスでぽちゃりと音を立て、泡がかすかに復活する。ふたりは無言で五秒間ほど濃緑色の液体を見つめた。それから目をしばたたかせて顔を見あわせる。ヒョーがなにごともなかったかのように視線をそらすと、〈テレパス〉はそっとグラスをおしやり、気を取りなおすようにしてたずねた。

「それはともかく、以前はどうだったのか教えてくれよ」

「以前って？」

「チェレンコフに飼われるまえの話さ」

「よくおぼえてないな」

ひれであごをかきながら考えてみるが、うまくおもいだすことができなかった。

「まさか〈生命線プラザ〉でチェレンコフの腹から産まれてきたってわけじゃないだろ？」

「密猟されてきたんだ。話にきいてるだけではっきりおぼえてるわけじゃない。まだ小さいうちに捕まえてこられたんだからしかたないだろ」

「なんにもおぼえてないのか？」

「海で泳いでた記憶はあるよ。すごく遠い記憶だけどさ。ふふん、この自分が海を泳いでたなんてね。夢みたいな話だ。で、それがいつのまにかどこかへ運ばれてさ。しばらく四角い池のついた部屋に隔離されてた記憶がある。池っていうか、プールだな。たしかじゃないけど。病原菌でももっていやしないか、検査や消毒をしたんじゃないかな。作業服を着た連中に、あれこれ調べられたから。そうこうしてるうちに、また運ばれて。それで〈ボス〉のところへ移されたんだったかな。まあだいたいそんなかんじ。たいしたストーリーなんてないのさ」

「どこの海を泳いでたんだ？」

「わかるわけないだろ。世界地図や地球儀なんてのを知ったのは、ずっとあとになってからなんだから。海は海だよ」

「チェレンコフにきかなかったのか？」

「まるで気にならなかったからなあ。〈プラザ〉での暮らしがほんとたのしかったし」

「だけど家族とはなればなれになったんだろ？」

「家族ねえ」

そういわれてヒョーのあたまにおもいうかぶのは、やはりシベリアーリョ・へへノヴィチ・チェレンコフとその同志たちの姿だった。

「おい、じつの家族の顔も忘れたのか？」

〈座座座テレパス〉は、なかば反射的に口走ったものの、まあアザラシなんて、みんなおなじ顔してるもんな、無理もないかと独りごちるようにいった。ヒョーは、ふとシベリアーリョ・ヘヘヘノヴィチ・チェレンコフがいっていたことをおもいだし、つぶやいた。

「そういや、家族がいるんだった」

「そりゃ、いるだろうな」

「いや、海にじゃなくて、この町にさ。正確には家族かどうか知らないけど。でも、兄弟って可能性もある」

なにしろアザラシを密猟したのは一度や二度じゃないのだ。わざわざ遠い海まで捕りにいったのなら、いちどにまとめて何頭も捕まえたほうが簡単だ。群れの家族をいっしょに捕まえたりもしたはずだ。ここへ運ばれてきたのは、自分だけではないと考えるのも、あながちおかしなことではないだろう。

そう話をしてきかせると、〈テレパス〉はにわかに色めきたった。

「そいつは最高のストーリーになるぞ！」

〈テレパス〉はひざを打ち、泡立ちのおかしな濃緑色のカクテルを飲み干した。ヒョーはあんぐりと口をあけ、からのグラスを見つめた。〈テレパス〉は興奮気味に身ぶり手ぶりも激しく語りだす。

生き別れになった兄弟と再会し、ふたりで音楽の道をこころざしたってのはどうだ？　マフィアに支配されてた人生をのりこえてな。いや、人生じゃないな。アザラシ生か。アザ生？　トド生？　オット生？　ま、そこはどうでもいい。なんならマフィアといっしょに犯罪にあけくれて、すさんだ生活を送ってたんだが、犯行現場でひょんなことから兄弟と再会をはたし意気投合。たがいの音楽的素質が化学反応をおこして才能が開花。その将来性がレコード会社の重鎮の目にとまったのをきっかけに犯罪稼業から足を洗い、新たなスタートを切ったっていう設定もよさそうだな。ん、足を洗ったんじゃないな。ひれを洗ったのか？　いや、そこはまあいいか——などと、手あかのついた即席のストーリーを、矢継ぎ早にならべたてた。

ヒョーはひれをのばして〈テレパス〉の顔をごしごしとこすった。

「だけど、どこでどうしてんだかね。その兄弟の顔を見たこともないんだよなあ」

ひれをはらいのけ、〈テレパス〉は手で顔をぬぐう。

「こころあたりはないのか？」

「まるでないね」

「双子《ふたご》っていう設定にでもしとくか。それなら最悪おまえが一人二役をやればいいしな。どうせアザラシなんてみんなおなじ顔だ」

待てよ、一頭二役っていうのか？　と小首をかしげる〈テレパス〉の顔をひれでなでつけ、

「いいや、兄弟がみつからないかぎり、歌手デビューはしないぞ」

と、ヒョーは断固とした口調になった。町のどこかにいる兄弟のことを考えているうちに、どうしても会ってみたくなったのだ。

それにもし兄弟がみつかれば、これからさき、もっとべつの可能性がひらけてくるかもしれないという予感もあった。〈超ヒット日本〉で〈ラーゲル店長〉にこきつかわれて生きるか。あるいは〈座座座テレパス〉のもとで、どこか居心地のわるさをかんじながらも歌手として生きていくか。そのどちらでもない〝第三の選択〟だ。このまま歌手をやっていくのもわるくはないが、あまい業界ではないことは知っていた。シベリアーリョ・ヘヘヘノヴィチ・チェレンコフの楽団員たちのように、いつお払い箱の憂《う》き目《め》にあうかわかりやしないのだ。たとえどんなに腕前がよく、どんなに独創性があっても、食うに困って宙に浮くほどがりがりに痩《や》せ細ったりしてしまうのだから。そんなふうになったアザラシの姿は、自分でも想像ができない。シベリアーリョ・ヘヘヘノヴィチ・チェレンコフは、そのために密猟をしていたのだから。きっと〈ボス〉のよ

うに、アザラシが大好きな人間だろう。もしかしたら、自分が愛しているアザラシの兄弟だと知り、ヒョーを家にむかえいれてくれないともかぎらない。

こうしたことをヒョーは〈テレパス〉にあえていうつもりはなかった。慎重にカードを取っておくのだ。あのチェレンコフの同志らしく、われながらかしこいもんだとヒョーは顔をにんまりさせ、ぽかぽかとする期待を胸にいだいた。

さて、だがいったい兄弟はどこに暮らしているのだろう？　そこにおもいいたると、とたんに頼りない気持ちになった。どこを探せばいいのか、どうやってみつけだせばいいのか、まるで見当がつかないのだ。

にやにやと髭《ひげ》をふるわせていたヒョーの鼻面《はなづら》に、とたんに色濃い不安の影がさす。背後のスクリーンに映し出されたポートレートのヒョーとは、まるでべつのアザラシのようだった。

いっぽう〈座座座テレパス〉は、ヒョーの口ぶりに、かたい決意のようなものをかんじとっていた。テーブルに頬杖《ほおづえ》をつき、おもむろにあたまのサングラスをかけ直すと〈テレパス〉はこれまでになく真剣な声でいった。

「わかった。兄弟はおれがみつけよう」

「ほんとうかい？」

ヒョーはおもわず身をのりだした。

「手がかりはかならずあるはずだ」

おれにまかせとけとうなずく〈テレパス〉。そのサングラスに反射したヒョーの姿とスクリーンのヒョーの姿が、いびつに太ってゆれうごいて見えた。

5

くちばしの欠けた黄色いアヒルがヒョーの腹に落ちてきた。〈座座座テレパス〉はスイッチに手をのばし、コンバーティブルの幌《ほろ》をあげる。アヒルは一匹だけではなかった。幌があがると、空からぼとぼとたくさん落ちてきた。アヒルたちは湿り気を帯びた生ぬるい空気を突き破り、幌を打ち、アスファルトに打ちつけ、標識やベンチにぶつかり、乾いた音を立ててはねかえる。

ヒョーは腹に落ちたアヒルをつかみ、まじまじと見る。つぶらな瞳《ひとみ》のポリ塩化ビニール。風呂《ふろ》やプールに浮かべるやつだ。それが空から降ってくる。黄色い色のプラスチックの雨。からからころんと降りそそぐ。やがてへこんでゆがんだペットボトルもいりまじり、雹《ひょう》のような砕けたポリエチレン、カップにトレーにポリ袋、歯ブラシ、玩具《おもちゃ》、絶縁体、それからもうしわけ程度の水分と、いろんな色が降ってくる。

「あいにくの天気だな」

ヒョーは窓からアヒルを放り投げた。昨夜は〈ゴザ＝テレパス〉スタジオのソファで寝た。すこし尾びれがはみだしたが、生臭く湿った調理場の床にくらべたら、すこぶる上等な寝床だとおもった。

「通り雨だろ」

〈テレパス〉はサングラスのまま表情を変えない。こうした雨におどろくものはいなくなっていた。熱せられた海でごうごう音を立て、さかだちした滝のように上昇する水蒸気。海水は根こそぎ吸いあげられ、海の底がかいま見えるようすがニュースに映し出されたこともあった。さかさまの滝は海に漂うプラスチックをも巻きあげ厚い雲となり、世界のあちらこちらでカラフルな雨を降らせるのだった。

「カエルにとってはいい天気ってかんじでもないよな」

というヒョーに、カエルなんてもうどこにもいないんじゃないか、と〈テレパス〉は冷たく鼻を鳴らす。あれけっこううまかったんだけどなとヒョーが独りごちると、

「食ったことあるのかよ、贅沢《ぜいたく》だな」

と、おどろいた顔をし、まさか豚や鶏も食べたことがあるとかいうんじゃないだろうなとあきれたような声でいった。フロントガラスで弾けるマイクロプラスチックの粒を、路面にかきだす車のワイパー。ヒョーは右に左に目をきょろきょろさせて、そ

のうごきを追いかけながら、ふとした疑問を口にした。

「カエルってプラスチックを食べてるんだろ？」

「そりゃ、知らないうちに食べてるだろうな」

「なら、そのカエルを食べたら、自分もプラスチックを食べたことになるのか？」

「いまさらなにいってんだ。胃から肺、脾《ひ》臓《ぞう》、腎臓《じんぞう》、どこにでも、からだじゅうナノプラスチックでいっぱいだ。みんながたれる糞《くそ》にだって、たんまり混じってる。最近の糞はぷかぷか水に浮いて、なかなか流れてくれないだろ。おれたちだって水に飛びこめば、たちまち水面に浮きあがる。もう、からだがビート板みたいになっちまってんだな」

「そんなの嘘《うそ》だね」

「知らないのか。埋める土地がなくて、海に死体を流してるだろ。あれだって錘《おもり》をくくりつけなきゃ、すぐに浮かんできちまうんだ。実際、縄のはずれた死体が海をぷかぷかさまよってたなんてのは、よくある話だ。赤道付近じゃ、上昇気流で水死体もいっしょに空に巻きあげられる。そいつがカムチャツカにまとめて降ってきたってニュースもあったろ」

ニュースは見ないから知らないなとヒョーは肩をすくめ、

「それなら自分もプールで溺れるはずはないんだけどなあ」

と独りごちるようにつぶやいた。

「なにいってんだ。おまえ、アザラシだろ?」

「そうだけど。泳げないんだ」

「自然とからだが浮いてくるだろ?」

「いいや。タングステン製の金槌《かなづち》みたいに沈むよ」

「おい、いままでずっとプラスチックの入ってない飯を食ってたっていうのか?」

贅沢にもほどがあるぞと〈テレパス〉は吐きすてるようにいった。ひときわ大きなプラスチックのかたまりが幌にぶつかり、大きな音をたてた。カラフルな雨は町のあちらこちらに廃棄物の山を形づくっていった。


邸宅〈生命線プラザ〉は、政府による押収《おうしゅう》と住民たちの略奪で、すっかり荒廃していた。あちこちに瓦礫《がれき》が散乱し、回廊の柱はのこらずなぎたおされていた。ごみをひろいあつめていた〈ムディート〉も〈マントラ〉もいないため、そこいらじゅうにプラスチックの雨が降り積もったままだ。地下のトンネルへ通じる扉もうちやぶられ、ワインセラーはからっぽになっていた。

シベリアーリョ・ヘヘヘノヴィチ・チェレンコフの遺産は、そのほとんどが財務局長の私物になった。非常線の黄色いテープがとかれたあとの争奪戦で市民たちが手にしたのは、悪質な横流しや怪しげな行商人を通じてかろうじて金にかえられそうな、なけなしの残骸《ざんがい》ばかり。

爆発で吹き飛ばされたのか、重機で引《ひ》き剝《は》がされたのか、チェレンコフがその命を落とした広間は屋根がなくなり、骨組みだけがだらりとうなだれていた。赤くにごった太陽が垂直に照らしつけ、追いつめられた影がしがみつくわずかな暗がりを世界の外へとはきだそうとしていた。じりじりと暑く、息苦しいほどのなにかが過剰な濃度で充満した空気。マーブル模様のテーブルはなく、彫像はこなごなに打ち砕かれ、ステージにあった楽器も根こそぎなくなっていた。白亜のまぶしかった大理石の屋敷は、もはや見る影もなかった。

「ずいぶん荒らされちまったな」

意外でもないような調子で〈座座座テレパス〉がため息をつく。

「これじゃ手がかりなんて、のこってなさそうだな」

と、ヒョーはいったものの、あまりにさまがわりした邸宅をまのあたりにして、しよげかえっていた。だらりと髭をたらし、打ちひしがれた顔で立ちつくす。そうして、籐編《とうあ》みが破れて用をなさなくなったシベリアーリョ・ヘヘヘノヴィチ・チェレンコフのゆりいすなどといった、ありし日の面影を探しあてるたびに、胸のあたりがひどくさむざむしくなるのをかんじるのだった。

なにかのこってるはずさと、白い瓦礫をまたいだり、のぞきこんだりなどして物色する〈テレパス〉をよそに、ヒョーはレコードプレーヤーがあったのはどのあたりだったろうかと、崩れた壁や天井の痕跡《こんせき》をたよりに見当をつけようとしていた。ひれにかかえたザ・スリー・サンズのレコードをかければ、チェレンコフの幽霊が姿を見せるのではないかとおもった。そのためには、なにはともあれ音楽を回転させる必要がある。回転させれば、きっとまた〈ボス〉はあらわれるのだ。

だが、シベリアーリョ・ヘヘヘノヴィチ・チェレンコフのレコードプレーヤーは、財務局長の息子たちや娘たちにものめずらしいおもちゃにされたあと、すぐに飽きられ足蹴《あしげ》にされて針が飛び、ラックに整理されていた貴重なレコードコレクションとともにはやばやと廃棄され、あまたの粗大なごみの山とともにスクラップされていたため、邸宅〈生命線プラザ〉の敷地内を探したところでみつかるはずもなかった。

音をたてて床にぶつかりそうなほどの重いため息をつき、ヒョーは瓦礫の狭間《はざま》にへたりこんだ。床は焼けるように熱せられていたが、そんなことすらどうでもかまわないような気がした。ひれをとじて横たわると、シベリアーリョ・ヘヘヘノヴィチ・チェレンコフが銃を乱射し、警官隊に抵抗している姿がありありと目に浮かんだ。ヒョー、とうめきながら蜂《はち》の巣になり、暗い血を吐く〈ボス〉の姿が、記憶の底から鮮明によみがえった。目玉が飛びだし、腕をねじ曲げた〈ボス〉が、おどろいたか？　とにっこりわらっておきあがるまぼろしを脳裡《のうり》に描いたことをおもいだし、ヒョーは内臓という内臓をごっそりとくりぬかれたような心地がした。そうしてもう、おきあがるのすらおっくうな気持ちになっていった。

あらわになった屋根の骨組みから空が見えていた。空は山の煙とバッタの群れで淡くにごり、荒れはてた屋敷をしずかに見おろしている。〈ボス〉の血で描かれた海の絵が、まだ壁にのこっているのにヒョーは気づいた。まぶしいほどに赤かった海は、くろぐろとうねる波へと変色していた。まるで重油に汚染された海のようだった。

それでもヒョーには、その壁画だけが、自分と〈ボス〉とのあいだにのこされた、ゆいいつのつながりのようにかんじられた。ヒョーは〈ボス〉が話していた海の底の町をおもいだし、死んで自分もそこへいきたいとおもった。その町でシベリアーリョ・ヘヘヘノヴィチ・チェレンコフといっしょに暮らせたら、どんなにいいだろう。

ヒョーはゆっくり目をしばたたかせて横になっていたが、チェレンコフの幽霊があらわれる気配はまるでなかった。やはりあれが最後だったのだなとヒョーはしずかな顔になる。そうと知っていたなら、もっともっといろんな話をするのだった。話したいことはまだまだたくさんあったのに。ヒョーは悲しげに髭をたらし、海から漂う花のにおいというのは、どんなにおいがするのだろうとおもった。

「変わった壁紙だな」

という声にわれにかえると、〈テレパス〉がスマートフォンで壁の絵を写真に収めていた。

「壁紙じゃなくて壁画だ」

ヒョーは顔をあげて訂正せずにはいられなかった。だが〈テレパス〉はまるで気にかけず、

「これ、おまえか?」

と、白っぽい粉にまみれた大判の冊子をひらいて見せた。綴《と》じられていた糸がほつれ、ばらばらになりかけていたものの、いつもレコードを聴きながら〈ボス〉といっしょにながめていた動物図鑑だということにヒョーは気づいた。

からだをおこしてのぞきこめば、そこにはまるまると太ったアザラシの笑顔が写っ

ていた。この写真は自分だとヒョーはおもった。だが動物図鑑に自分が載るというのもみょうなかんじがした。やっぱりおまえだよなと、写真とヒョーをかわるがわる見くらべる〈座座座テレパス〉に、

「どうも、そうらしいな」

とうなずき、小首をかしげる。〈テレパス〉は、おれってアザラシの個体を見わけられる超能力をもってたんだなと、うれしげな声をあげたがすぐに、

「そんな超能力いらねえよな?」

と顔をしかめた。それは超能力ではないとおもいつつも、ヒョーは考えこむような口調で、

「図鑑に掲載されるほど標準的なからだつきじゃないとおもうんだけどな」

と眉根《まゆね》をよせる。すぐに〈テレパス〉はいった。

「これ、図鑑じゃないぞ」

「いや、これは動物図鑑だ」

「ちがう。カタログさ。たしかに動物図鑑みたいに偽装されてはいるけどな」

「どうちがうのさ?」

「ぜんぜんだろ。図鑑てのはお勉強やなんかに使うもんだ。カタログってのは商売に

使うんだよ」

「ますます意味わかんないぞ」

「だからおまえ、商品なんだよ。売り買いされる品物だったのさ」

「いいかげんなこというなよ」

ヒョーは鼻をぶるんと鳴らして〈テレパス〉につっかかる。

「見ろよ。ここに書いてあるだろ」

「字は読めないし、読む気もしない」

「密売用の顧客リストって意味さ。チェレンコフが闇《やみ》取引してた動物たちの商品画像だろうな。こっちは売買した連中の台帳だ」

〈テレパス〉がゆびさす文字列に目をこらしたが、ただのごみごみとした黒い屑《くず》の塊にしか見えなかった。ヒョーはいぶかしげに〈テレパス〉の顔をのぞきこむ。

「それ、たしかなのか?」

「こんな嘘、つく理由があるか?」

ヒョーは視線を左右にめぐらせ、ないなとつぶやいた。

「だけど売り買いなんてされたおぼえないぞ。ずっと〈ボス〉と暮らしてきたんだから」

おちつけよと、〈テレパス〉は黒い屑の塊で埋めつくされたページをひっくりかえす。

「ヒョー、おまえは売買されてない。どうやら売れのこりだったようだな」

くすくすと〈テレパス〉はわらいを嚙《か》み殺した。ヒョーは目の前の男を嚙み殺したい誘惑にかられたが、とりつくろった声でいいかえした。

「〈ボス〉のお気に入りだったのさ。とうてい売る気になんてなれなかったんだよ。その証拠に――」

「おい、ヒョーって名前がふたつあるぞ?」

という〈テレパス〉の言葉におどろき、ヒョーは首をのばしてのぞきこむ。その破れかかった台帳は、あいかわらず黒い屑の羅列にしか見えなかったが、たしかにおなじ形の屑がふたつ寝そべっているのに気づいた。

「それってもしかして」

「兄弟だろ。きっと双子の兄弟さ」

ヒョーは宙に飛びあがらんばかりにひれをばたつかせた。

「たまげたなあ!」

「おれにまかせろっていったろ」

と〈テレパス〉もご機嫌な笑みを浮かべたが、ヒョーは、はたとひれをとめた。

「兄弟でおんなじ名前ってどうなのさ？」

「めんどくさかったんじゃねえのか。いちいちべつの名前をつけるのが。それか、おまえのかたわれを買ったやつも、たまたまおなじ名前をつけたのかもな」

肩をすくめる〈テレパス〉。ヒョーはカタログに掲載されている自分の写真をおもいだした。それなら兄弟もそこに載っているはずだ。

「写真はあるのかい？」

期待と不安、どっちつかずの気持ちでヒョーは冊子に視線を投げた。そりゃもちろん載ってるだろと〈テレパス〉はページをめくる。巻末の屑の羅列と照らしあわせるようにして、ほつれた冊子をいったりきたりしていたが、とうとう写真をみつけることはできなかった。

「ページが抜けてるな。ばらばらになって、どっかいっちまったのかも」

あたりの瓦礫をながめやるが、吹き飛ばされたのか押しつぶされたのか、それらしいページの残骸はどこにも見あたらない。

「手がかりが消えたな」

ため息まじりにつぶやくヒョー。だが〈テレパス〉は台帳をめくり、

「売却先が記録されてるはずだ」

そのページも抜けてるんじゃないのかとヒョーは眉根をよせたが、あったぞと〈テレパス〉が明るい声をあげた。

「こいつはおどろいた。知ってるやつじゃないか」

「おい、まさか〈ラーゲル店長〉かい。肉として購入したんじゃないだろうな？」

とヒョーはからだが震えた。

「いや、おれの知りあいさ。〈未来ゴザ夫人〉だよ」

「それ、肉屋なのかい？」

「なにいってんだ。とんだ大金持ちだよ。おれのスタジオに出資してくれてる人さ」

〈ゴザ＝テレパス〉スタジオの〈ゴザ〉の人かとヒョーはおもいあたる。

「なら、やっぱり歌手にしようとして買ったのかな」

「かのじょは音楽には興味がない」

「じゃあ、なんで金を出してるんだよ？」

「べつにおれのスタジオにだけ出資してるわけじゃない。事業の中身にかかわらず、音楽産業でもうかるあれやこれや手当たり次第さ。目的は音楽そのものじゃなくて、金のほうだからな」

ヒョーは顔を曇らせる。

「だったら、金もうけのためにアザラシを買ったのか？」

「そうじゃないさ。ただたんにペットとして購入したんだろ。かのじょ、動物が好きだからな」

とたんにヒョーはうれしくなった。ぱっちり目をあけ、ひれを激しくばたつかせる。はやく会いにいこうじゃないかと興奮を隠さず、〈テレパス〉の顔をごしごしとこすった。

ヒョーはシベリアーリョ・ヘヘヘノヴィチ・チェレンコフが穏やかな表情で、じっとこちらの目をのぞきこんでいたときのことをおもいだしていた。動物といっしょに暮らすってのは、ひょっとすると虚心にだれかの目をのぞきこむための口実なのかもしれないとおもうことがあるよと、そのときシベリアーリョ・ヘヘヘノヴィチ・チェレンコフはいい、腕をまわしてヒョーのあたまの横にキスをしたのだった。ふしぎなことをいう人だなとヒョーはおもったが、まるっきりわるい気持ちにはならなかった。

6

路面の照り返しをうけて白く光るごみの山。降り積もったごみが作る地形は刻々と変化し、きのうときょうとで、その表情をがらりと変える。廃棄物のあいだをぬって走るコンバーティブルにゆられながら、アザラシのヒョーは見たことがあるのかないのかも判然としない町並みをぼうっとした顔つきでながめていた。どんよりとした暑さのへばりつく街路をサングラスに反射させてハンドルを握る〈座座座テレパス〉をいちべつし、ヒョーは鼻をひくひくとさせた。

「〈未来ゴザ夫人〉って、どんな人なんだい？」

「大金持ちさ」

「それはきいた」

「独り暮らし。配偶者は九十年前に死んだ」

「ん、〈夫人〉って何歳なわけ？」

「知るかよ」

「ていうか、性格を知りたいんだ。陽気なのか、ものしずかなのか」

「知るわけないだろ」

「知りあいなんだろ？」

「ビジネス上のな。画面上でしか話したことがない。こどもがいないんで、動物と暮らしてるとかいう噂《うわさ》をきいたことがある。チェレンコフみたいな犯罪者よりまちがいなくやさしいから、そう神経質になるなよ」

「なら、そうとうやさしいんだな。いいのか、その無精髭？〈ボス〉は大事な殺しの予定がはいってる日は、かならずきれいに剃《そ》ってたけどな」

「おれに人殺しの予定なんかあるわけないだろ？」

重要な取り引きって意味だよとヒョーが肩をすくめると、〈テレパス〉は、まあたしかに重要な取り引きだなとうなずき、

「かたや極悪マフィアに育てられた不幸なアザラシ、もういっぽうは大富豪のもとで幸せに育てられた坊ちゃんアザラシか。こいつはなかなかのストーリーになりそうだぞ」

と、なかば独りごちるようにまくしたてた。

「ぜんぜん不幸なアザラシじゃなかったぞ」

ヒョーはいいかえした。

「そういう設定で売り出すって意味さ」

悪びれたようすもない〈テレパス〉に、そういうのは好きじゃないなといいかけたが、通りの反対側を歩いている装甲車みたいな姿の人影が目にとまり、ヒョーはあっと声をもらした。

見たことのある女だった。ぶあついコートに宇宙飛行士みたいなヘルメット。そして鉄板におおわれたベビーカー。ヒョーがはじめてひとりで町へ出たとき見かけたのとおなじ人物らしかった。女はすぐに角を曲がって姿を消した。

赤信号で〈テレパス〉がブレーキをふみ、ヒョーは通りに視線を走らせた。崩れかけた壁には見覚えのある花の落書きが。せりあがる廃棄物の波が形を変えていたものの、まえに通った交差点だということにヒョーは気づいた。

あの路上生活者の男はおなじ場所に腰をおろしていた。おなじかっこうで歩道の敷石を見つめてうなだれていた。ヒョーは助手席からあいさつしようとひれをあげた。だが昼日中の太陽にさらされた男の姿は穴だらけの雑巾《ぞうきん》のように生気がなく、地面に置かれた空き缶は金でいっぱいのままだった。ヒョーはみょうな胸騒ぎをかんじた。

「あの人、もしかして――」

ヒョーの視線につられ、〈テレパス〉はサングラスをさげる。

「放射線にやられたんだな」

よくあることとさと鼻でため息をついた。男はうなだれたまま微動だにしない。

「死んでるのか?」

「あんなぼろの服で座ってたら一週間で死ぬだろ。さっきの女みたいに鉄板仕込みのコートでも着てりゃ、ひと月ぐらいはもつかもしれないけどな」

「放射線で?」

「こんなの、もうニュースにもならないよな」

月面よりも高い放射線量だとかいうやつもいるけど、気にすることないさと〈テレパス〉はサングラスをなおす。

「いや、気になるだろ……」

ヒョーはごくりとつばを飲みこみ、自分の腹に目を落とす。全裸でオープンカーに乗ってる場合ではないのではないか。放射線にさらされたあげく、突如としてなんらかの異常をきたして死んでしまうのではないかと不安になった。

「気にかけないのが常識ってもんさ。どんな異常も、すぐに日常になる。あたまんなかはなんにも変わらないのさ。いちいち気にしてたら金がまわらなくなるからな。それじゃ社会が成り立たないだろ。だいたい、いまさら気にしたところで手遅れだしな」

信号が青になり〈テレパス〉はアクセルをふんだ。ヒョーは首をまわして、背後に過ぎ去る路上生活者を見やる。

「なんでこんなことになってんだよ？」

まったく、箱入り娘のオスはこれだもんな。いや、それとも生まれるまえの話なのかと〈テレパス〉は首をかしげ、

「〈モール・デル・ソル〉ってあるだろ。海辺のでかい建物。あれってもともと原発だったんだよ。なんであそこに建てられたのかは知らないけどな。それがでかい地震でだめになってさ。だけど放射性廃棄物のもって行き場がなくて、一時的に名前を中間貯蔵施設に変えたわけ。それがいつのまにか、よそで出た廃棄物を棄《す》てるのにもちょうどいいなってんで、放射性廃棄物処理場〈モール・デル・ソル〉になったのさ。そしたらこんどは地中の永久凍土がとけて地盤が崩落。またしてもぐだぐだ。放射性物質は海にだだ漏れだ。政府は漏れてるのを認めなかったんだけど、そのうち害はないから心配するなっていいだした。魚がぷかぷか浮いて鳥も全滅。ひともばたばた死

んだけど因果関係を示す証拠はないってさ。わざわざ修復するのも税金のむだだろうってんで、そのまま放置ってわけ」

声を出してわらう〈テレパス〉。

「なにがおかしいんだよ?」

「ここまでずさんだとわらうしかないだろ。放射線量の測定は科学的とはいえないとかいって中止してさ。町ごとまとめて廃棄処分だ。被《ひ》曝《ばく》限度の基準もがばがばにゆるめて警戒区域を全解除。むりやりすべて終わったことにしてな。この国じゃ、地方ってのは中央の植民地でしかないんだよ」

「知ってて、ここに住んでるのか?」

「〈ゴザ=テレパス〉スタジオがこの町にあるからこそ〈夫人〉は出資してるんだ。〝死の町〟から新たな才能があらわれたってことにすれば、一時的でも話題になる。とりあえず金になるのは確実だからな」

「それだけのために、ここにいるわけ?」

「あたりまえだろ。この町にはとりのこされた貧乏人と変わり者しかいないのさ」

〈テレパス〉はあいかわらず口もとをにやにやさせてハンドルを握っていた。サングラスに隠れ、その目を見ることはできない。

「あんたはどっちなんだい?」

ヒョーはそうたずねたものの、あまりにあたまがぼうぜんとし、返事はどこかへすりぬけていってしまった。


町中の巨大なビルの手前に〈座座座テレパス〉は車を停めた。鉛色の空にそびえる鉛色のジェンガ。あのひときわ高い異様な相貌《そうぼう》のビルだ。建物が近づくにつれヒョーは首をあげ、しまいにはシートにのけぞりひっくり返りそうになったが、雲と煙に隠れてついにそのてっぺんを目にすることはできなかった。直方体が不規則に積みあげられたような建物は、ふとした弾みでぐらりとゆらぎ、いまにも大声をあげて崩れかかってきそうなかんじがし、ヒョーはみょうなめまいに襲われた。

「このビルに〈ゴザ夫人〉が住んでるのか?」

「オーナーさ。おれもなかに入るのははじめてだな。おまえのことを話したら、ぜひ連れてきてくれって興奮してたぞ」

「ずいぶん高いよな」

まわりのビルと見くらべながらヒョーはいった。目の前のビルが巨人なら、周囲のビルはそのくるぶしにも満たないほどの高さに見えた。

「自然を模した建物は規制の対象外だからな」

「いや、不自然だろ」

「それは解釈によるな」

金庫室のドアのように重たげな円形の入り口をふたりはくぐった。警備員はいないのかいとヒョーは〈テレパス〉にたずねた。

「よくわからないけど、その手の人間はいっさい信用できないとかいってるらしい」

ビルの内部には巻き貝のようにうずまく骨組みが、むきだしのまま壁や天井にはりめぐらされていた。その灰色のつらなりは、幾何学的で奇妙な錯覚をもよおす模様を形づくっていたが、すべてのパーツがたがいに緻密《ちみつ》に支えあい、なにひとつむだのないデザインのようにも見えた。吹き抜けの空間には、ゆるやかなカーブを描いた二本のエスカレーターがあり、螺旋《らせん》状にからまりあっている。エスカレーターには手すりというものがなく、ゆっくりと稼働《かどう》しているものの、まるでひとけがなかった。

「ヒョーはどこにいるんだろうな？」

二本のうずまきを見あげて、ヒョーは兄弟のヒョーをおもった。こんな速度では、上まであがるのに相当時間がかかりそうだ。のろのろあがっているうちに、うっかり転げ落ちてしまうんじゃないかと、ヒョーは気が遠くなった。

だが意外にも、〈座座座テレパス〉はこっちだといって、地下へとつづく階段を降りはじめた。ヒョーは鰭脚《ひれあし》歩行であわててあとを追いかける。長い階段をくだりながら〈テレパス〉はいった。

「交渉はおれにまかせとけ。あせって用件を切り出すのは得策じゃないからな」

四階か五階分ほど地下へ降りると、立方体の千鳥格子《ちどりごうし》の広がる部屋にたどりついた。床だけでなく壁や天井までおなじ模様だ。くっきりとした白黒模様だったが、どこまでが床でどこからが壁なのかはっきりとせず、なんだかめまいをおこしそうなかんじがした。

ほうぼうに懐古趣味的な屋敷の調度品のようなものがちりばめられ、ほの暗く、雑然としている。ゆがんだ形のいすやテーブル、着物姿の独裁者の像、さびしい色のシャンデリア、イモムシの標本、落書きみたいな抽象画、鍵盤《けんばん》の波うつ銀色のピアノ。

そうしたなかにチーターやクジャク、ゾウガメの剝製《はくせい》などといったものが点在していて、ヒョーはみょうな不安をかき立てられた。錆《さび》と黴《かび》のいりまじったにおいに鼻をふるわせながら〈テレパス〉のあとにつづく。視線を落とすと目がちかちかし、床にほんものの立方体が敷きつめられているように見えた。それでなくても〈テレパス〉

の早足についていくのは難儀なことだ。視覚的段差に鰭脚をとられ、ヒョーはバランスを崩す。まただ、とおもったときには手遅れだった。でこぼこのレンガにつまずいたかのように横倒しになる。

「おい、ヒョー。待てよ！」

〈テレパス〉の声を背後にヒョーは威勢のいい樽《たる》のようにごろごろ転がり、つきあたりの家具に激突してしまった。脇腹《わきばら》をしたたか打ちつけ、うめき声がもれる。目をしばたたかせておきあがろうとしたところ、なにかが上からじっとのぞきこんでいるのに気づき、ヒョーははっと息をのんだ。

それはまるで、あざやかなペンキで青く塗られた埴輪《はにわ》のようだった。大きな肘掛《ひじか》けいすに座ってヒョーを見おろす眼孔は、洞窟《どうくつ》のようにくぼみ、暗くうつろな穴のよう。埴輪は上から下まで絞り染めの服をまとい、ターコイズ色の明るい髪を生やしていた。

「お待たせしました、〈ゴザ夫人〉」

埴輪にあいさつをする〈テレパス〉に、これが例の〈未来ゴザ夫人〉かと、ヒョーは目をまるくした。あわてて床から身をおこして居住まいをただす。だが無言で表情を変えない青い顔に、なんと切り出したものか、すっかりまごつき声が出ない。どうにか緊張をまぎらわせようと、ヒョーは大きなあくびをした。すると即座に青々とした平手が飛んできて、ぴたりとヒョーの頰を直撃した。

「初対面であくびとは、とんだ礼儀知らずだね！」

〈未来ゴザ夫人〉はいやに滑舌のはっきりした声でヒョーを叱《しか》りつけた。鋼《はがね》のように冷たくこわばった手の殴打《おうだ》に、ヒョーはしびれるような激痛をかんじてうなだれた。

〈テレパス〉が取りなすような調子でわってはいる。

「こちらがお話ししてたヒョーです。例のチェレンコフの」

紹介され、ヒョーはおそるおそる顔をあげた。

〈未来ゴザ夫人〉の顔には蜘蛛《くも》の巣がかかっていた。よく見ると数匹の蜘蛛が顔の表面を歩いてさえいた。それればかりか蜘蛛は〈夫人〉の耳や鼻の穴を出入りし、さらには口のはしからムカデが這《は》い出してきては目の洞《うろ》に逃げこんだりなどしているのだった。ヒョーはあっけにとられてあんぐりとあいた口を、とっさにひれでおおい隠した。

「ふん、ずいぶんとたるんだ腹ね。なかに中年おやじでも入ってるんじゃないでしょうね？」

「正真正銘のアザラシですよ」

〈テレパス〉の言葉に納得したのかどうかもわからない鋼鉄のおももちで、〈未来ゴザ夫人〉は青いこめかみに青い指をあてた。目の奥にぼうっと青い光が点《とも》る。すると磁石で引きよせられたかのように、キャビネットがかたわらへとすべりこんできた。

「なんだこれ、超能力か？」

ヒョーがおどろきの声をあげると、ばかなアザラシね、ばかの博覧会に出品したいくらいと〈ゴザ夫人〉は無表情のままわらい、こめかみをこつこつとたたいた。

「あたまにコンピュータを埋め込んであるの」

「なんでまたそんな」

「どうせ四六時中持ち歩くに決まってるんだから、埋めておいたほうが効率的でしょ」

ごわついたターコイズの髪の奥に大きな黒蜘蛛が姿を隠した。〈ゴザ夫人〉はふたりにいすをすすめ、キャビネットからグラスを三つ取り出した。九十年前に配偶者が死んだというなら、そうとうな老婆《ろうば》のはずだとヒョーはおもったが、〈夫人〉の動作はとてもなめらかだった。服から突き出た手足にも蜘蛛やムカデ、ゲジゲジなどが這っていたが、まるで気にするようすはない。

透きとおったアクアマリンの酒を球形のグラスにつぐと、その曲面に模様が浮かびあがり、まるで小さな地球が三つならんでいるように見えた。青ざめた手で酒を勧められ、ヒョーと〈テレパス〉はグラスに顔を近づける。炭酸が北極圏で音をたてて弾《はじ》けていた。ヒョーは鼻をひくひくさせたが、不自然なほどなんのにおいもしない。

どうして飲まないのかしらと〈夫人〉はふたりをにらみ、自分のグラスを口にした。〈夫人〉はだぶだぶと音をたてて飲み、たちまち地球は赤道付近までからっぽになる。〈テレパス〉はヒョーに目くばせをし、酒を口にふくんだ。すぐに奇怪な鳥のような声をあげ、いすからずり落ちうずくまる。顔をまっ赤にしてひどい咳《せき》をするので、ヒョーは心配になり、ひれで背中をさすってやった。だが〈夫人〉がまっ暗な目でヒョーを射抜くように見、どうして飲まないのと問いつめるので、ヒョーは口をぱくぱくさせてうろたえながら、グラスに口をつけるほかなかった。

たちまち、目に見えない光がヒョーのあたまをつらぬいた。脳が音をたてて破裂したかのような感覚に襲われたが、不思議と痛みはかんじない。だが四千万個の太陽のかがやきを目の前にかんじ、時間の感覚がふわりと消えた。

ヒョーもまた床にうずくまって咳きこんでいる自分に気づいた。〈テレパス〉もまだ咳きこんでいることから、さほど時間が過ぎたわけでもなさそうだとおもった。まるで煮立った蠟《ろう》でも飲まされたかのように、喉《のど》のあたりがごろごろとしていた。ふたりともおおげさねと〈未来ゴザ夫人〉は鼻から太いムカデをのぞかせる。

「これくらいの酒も飲めないようじゃ、現実から目をそむけるのにもひと苦労でしょうね」

「なんの現実さ？」

ヒョーは咳きこみながらきいた。

「酒が有毒だっていう現実からに決まってるでしょ」

「なら、飲まなきゃいいだろ」

「そうはいっても、とてもしらふで生きていられるような世界でもないでしょ？」

という〈ゴザ夫人〉に、ヒョーはなんとなく死んだ路上生活者のことをおもいだした。〈夫人〉はいすにそっくりかえり、品定めをするようにヒョーのあたまのてっぺんから尾鰭の先まで、とっくりとながめた。

「ぱっとしないのね」

「なに？」

「ぶざまねっていったの。海獣なんて価値がないでしょ。まあ、ゴマフアザラシの幼体なら、まだかわいげがあって愛玩《あいがん》動物にでもなったでしょうけど、あなたはまるでうつくしくないじゃない」

「なんなんだよ……」

初対面であくびをするより失礼じゃないかと面食らい、ヒョーは髭《ひげ》をだらりとさせ

たが、〈夫人〉は顔色を変えず、

「チェレンコフは資産の運用をまちがえたようね」

「なんだって？」

「お金を注ぎこむ先をまちがえたのね。下じゃなくて上にばらまかなきゃ意味がない。そんなこと知らないはずはなかったんだけど」

ヒョーには〈未来ゴザ夫人〉がなにを話しているのか、さっぱりわからなかった。人間の言葉がわからなくなってしまったのかとおもったが、そういうわけでもない。ひとつひとつの言葉はわかるのに、それがひとまとまりになったとたん意味が消え去り、なにも理解できなくなるのだ。こんなことはこれまでいちどもなかったので、ひどくおちつかない気分になった。

「おい。これ、ほんものの花かよ！」

〈座座座テレパス〉の声にふりかえると、かれは書き物机にのった鉢植えにかがみこみ、鼻をふくらませていた。鉢植えには、紫色の花弁に銀河のような斑《ふ》入《い》り模様の花が咲いていた。

あれ、においがしないな？　と首をかしげる〈テレパス〉。ヒョーもほんものの花ときいて身をのりだしたが、たしかになんのにおいもしない。〈ゴザ夫人〉は咳払いし、口から数匹の蜘蛛を吐き出した。蜘蛛は静かに家具の後ろへ身を隠す。

「ＤＮＡをシンセサイザーで合成したの。においなんて余計なものは取り除いてね」

「そんなことできるんですか？」

〈テレパス〉が感心したように顔をあげる。

「この塔が〈ノアの箱舟〉だってことは知ってるでしょ」

「なんです、それ？」

「いってなかったかしら。次の地球を製造するために、いろんな生物のＤＮＡデータを集めてるの」

「次の地球？」

「いまの地球もそろそろ限界でしょ」

「地球を新しく作るんですか？」

「何度もいわせないで」

いや、それはまたなんていうかと〈テレパス〉は口ごもる。においのしない銀河色の花を、ヒョーは横目で見おろしながら独り言のようにいった。

「どこになにを作るんだ。いってる意味がぜんぜんわかんないぞ？」

「全地球的アセンションを知らないのね」

〈未来ゴザ夫人〉がうつろな鼻を鳴らした。

「怪しい宗教かなにかか？」

「科学的な真実よ。米国の大実業家が提唱している理論だからまちがいないの」

「宗教よりも怪しいな」

「折りたたまれた余剰次元を展開するだけで、わたしたち人類は無限の時空を手にすることができるの。地球なんていくらでも製造し放題ね」

ちょっとあたまのどこかがぶっこわれてるとしかおもえないな、とヒョーは独りごち、だからみんな放射線も山火事も気にしないのかと〈テレパス〉にたずねた。いや、おれも新しい地球ってのは初耳だと〈テレパス〉が困惑した顔をすると、〈未来ゴザ夫人〉がわってはいった。

「〈ファクトセクト〉の専門家がじょうずに宣伝してくれてるからね。世間では、世界はなにも問題ない、むしろよくなってるということになってるの。わるく見えるのは錯覚にすぎないってね。目の前の問題はすべて錯覚だとおもわせておかないと。現実をありのままに見て、暴動なんかおこされたら手間でしょ。なんといっても、お金を落としてくれなくなるし。それと環境に配慮しているふりをするのも大事ね。おためごかしでいい人ぶるの。とってもいい宣伝になるから」

「あんたがなに考えてるのか、さっぱりわかんないよ」

ヒョーはひれをばたつかせる。

「わからなくてけっこう。新しい地球を作ればすべて解決するんだから」

「それ、本気でいってるわけ？」

「人間にできないことなんてあるわけないでしょ。むしろ、できなければいけないの。断じてね。お金をまわすには、まわすための舞台が必要ですからね。じょうずに資産を運用して、さらなる利潤を追求するには、つぎつぎ地球を製造していかないと」

「ずいぶん金が好きなんだな」

とヒョーは口をゆがめる。

「経済活動は神が人間に与えた特権ですからね」

だけど、あなたみたいなアザラシのＤＮＡに資金を費やすのは無駄で無意味ねと〈未来ゴザ夫人〉はつぶやいた。

「ちょっと出直したほうがいいかもな」

と〈テレパス〉はヒョーに耳打ちした。

「なんでさ？」

「データの採取が目的でおまえを連れてこさせたらしい。まあ、アザラシはいらなかったみたいだけどな」

適者生存ですからねという〈夫人〉に、ヒョーはひれをふるわせ、

「それはあんたが決めることじゃないだろ。ていうか百鰭ゆずって仮に新しい地球ができたところで、こどもがいないんだろ。あんたにとっては適者生存もなにもないよな」

「わたしは自分のDNAをデータ化してあるから、いつでも復元できるの。脳に蓄積された情報をそっくりそのまま移植すれば、永遠に命を紡《つむ》いでいけるわけ。子孫なんて無用の長物ね」

〈ゴザ夫人〉はまるで表情を変えなかった。

「おれのデータも〈箱舟〉にのせてもらえたりします?」

と首をへこへこさせる〈テレパス〉に、ヒョーはあきれたように口をあけ、

「正気かよ。新しい地球なんて話を信じるのか?」

あなたはちょっとねえという〈夫人〉の声に〈テレパス〉は顔を曇らせ、いすに沈みこむ。ヒョーのひれはいよいよ激しくばたついた。

「ぜんぜんわけがわかんないぞ。いくらデータを復元したって、それは自分じゃないだろ。目の前に髪の毛から爪《つめ》の先までおんなじやつを作ったら、ひょいと意識がそっ

ちにとびうつるのか？　それとも同時にふたりのなかに存在するのか？　あたまのなかまでそっくりそのままおんなじだからって、おなじ自分てわけじゃないよな？　もしかしたらおなじことを考えるかもしれないけど、でもそれは、まったくべつの人間だろ？」

「なにがいいたいのかしら？」

「だって、もし信じられないほど奇跡的な確率で、何百万年後の宇宙のどこかで、いまの自分とまったくおんなじやつがあらわれたとしたら、とたんにいまの自分の意識が時空をとびこえてよみがえるっていうのか？」

「あら、ひょっとすると、それが前世の記憶というものなのかもしれないねえ」

と、うっとりとする〈未来ゴザ夫人〉。

「ああ、神様。このいかれた婆《ばあ》さんをなんとかしてくれ！」

まっ青な平手が飛んできてヒョーのこめかみを強打した。

「ぐだぐだいうのはおよしなさい。わたしに文句をつけるなんて、なにさまのつもりかしら。こんな生き物、次の地球では跡形もなく除外すべきね」

「次の地球なんかあるわけないだろ」

〈未来ゴザ夫人〉の目の奥に青い光が点り、雑然とした棚から握り柄のついた黒い警棒が宙を飛んできた。〈夫人〉はすかさず警棒をつかむと、老婆とはおもえない速度でヒョーのあたまに打ちおろす。アメリカ国歌〈星のちりばめられた旗〉をくちずさみながら、

「なんの価値もない肉の塊め！」

と〈未来ゴザ夫人〉はヒョーを連打した。ヒョーの頭上に星が舞う。あうあう鳴きながらひれで顔をおおい、ゆるしてくれとヒョーはさけんだ。警棒はうなるのをやめ、〈夫人〉は意外な言葉を口にした。

「あなたはあなたの価値をあなた自身の力で証明しなければいけないの」

「なんだって？」

ヒョーはぶたれたあたまをさすりながら、怪訝《けげん》な顔をした。

「あなたはなにができるのか。なにを生み出せるのか。それこそがあなたの価値を決めるの。それを証明できるかしら？」

まっ暗な眼孔で見つめられ、ヒョーはみょうに不安な気持ちに襲われた。ぽっかりあいた目の洞を黒光りする大ムカデがしきりに出入りしていた。なぜだかどうしてもなにかこたえなければいけないような気がしてしかたなかった。ヒョーはひれをおろして考えた。それから〈座座座テレパス〉にかすかに目くばせし、

「小気味のいいハミングができるぞ」

「そんなのだれだってできるでしょ」

微動だにしない眼孔が、見えないなにかをヒョーの眉間《みけん》に食い込ませる。ヒョーは目をきょろきょろさせてまごつきながら言葉を探した。

「そうだ、絵が描ける。すごいきれいな壁画だ。あれはたしかにすごいもんさ」

そのことにおもいあたり、ヒョーはにわかに顔が明るくなった。〈テレパス〉が写真を撮っていたのをおもいだし、それを〈未来ゴザ夫人〉に見せてやる。ヒョーにはほとんど確信めいた自信があった。こんなにきれいな絵はほかにないと。だがやはり〈夫人〉の表情は変わらなかった。

「いくらで売れたのかしら？」

「ん、どういうこと？」

ヒョーが目をしばたたかせると〈夫人〉はきこえよがしにため息をついた。

「芸術の価値というものがわかってないのね」

「わかってるさ。あそこにかかってる落書きみたいな絵より、こっちのほうが断然きれいだ」

「あれには、れっきとした値段がついてるの。だからこそ節税の役に立つわけ。美術品は取得税も固定資産税もかかりませんからね。資産の運用先としてきわめて有用。そこを理解してない芸術家はまるでだめね」

なんだよ、なんの話をしてるんだかさっぱりわかんなくなってきたぞとヒョーは狼《ろう》狽《ばい》し、あごをがくがくさせた。それから薄暗い部屋のなかをあらためて見まわし、懇願するようなかぼそい声でいった。

「兄弟がこんなとこで暮らしてるなんて。ヒョーはどこだ。上の階かい？　ヒョーを返してくれないか？」

そうだ、そのためにここへ来たのだとヒョーは気をひきしめた。シベリアーリョ・ヘヘヘノヴィチ・チェレンコフのように〈夫人〉が気のいい人間だったら、いっしょに暮らすのもよさそうだなどと考えていたが、考えがあまかった。それならヒョーを、兄弟を、なにはともあれ連れて帰りたいとおもった。

「ヒョーなら、そこにいるでしょ」

〈未来ゴザ夫人〉はめんどうそうにゆびさした。その先にはチーターの剝製が。チーターは四本脚でたち、どこかおぼろな表情で虚空《こくう》を見つめていた。ヒョーは首をかしげる。

「いや、探してるのはアザラシのヒョーなんだけどな？」

「ヒョーはヒョウよ。動物のヒョウ。ヒョウだからヒョーなの」

とアクアマリンの酒を飲み干す〈ゴザ夫人〉に〈テレパス〉はいった。

「こいつはヒョウじゃなくてチーターですよ?」

「あら、へんね。チェレンコフはヒョウだっていってたのに」

なんとなく飾ってたけど、あまりよく見てなかったせいねと、たいして興味もなさそうな口調で〈夫人〉は剝製にうつろな視線を投げた。

「まちがえたんですかね。斑点《はんてん》はあるけどヒョウとは柄がちがいます。目の下に涙を流してるような黒い線がついてるでしょう。これはまちがいなくチーターですよ」

「だったら、お金を返してもらわなきゃ」

〈ゴザ夫人〉は鼻息を荒くし、〈テレパス〉がのこしたグラスに手をのばす。だぶだぶと音をたて、グラスの地球がまた空になった。まあでもチェレンコフは死にましたしという〈テレパス〉。あっけにとられていたヒョーが口をはさむ。

「いや、そういう問題じゃないよな?」

「こうなってくると、おまえがヒョウアザラシだってのもあやしいかもな」

とすると、なにアザラシなんだろうなと深刻そうな口ぶりの〈テレパス〉に、いや、そういう問題でもないし、とヒョーは眉根《まゆね》をよせて腹をかき、

「ヒョーって名前の兄弟じゃなかったのか？　おなじ海で暮らしてた双子《ふたご》のはずだろ？」

どうやら、早とちりだったらしいなと、〈テレパス〉はチーターの剝製を横目に無精髭をぼりぼりとかいた。〈未来ゴザ夫人〉はまっ青な顔で口からアクアマリン色の霧を吹き出した。

「これがあなたの兄弟だっていうの？　双子ですって？　ひっひっひ、おかしいのね。なんておかしいのかしらね！」

これは傑作だといった調子で青いひざを何度もたたき、ターコイズ色の髪をふりみだす。ぽろぽろと髪や口から虫がこぼれ落ちた。

ヒョーは恥ずかしさと同時に、激しい怒りと悲しみに襲われた。あまりに強い感情が押しよせてきて、そのまま気をうしなってしまうのではないかとおもったほどだった。ヒョーはゆっくりとした鰭脚歩行で、引きよせられるようにチーターの剝製に近づいていった。しっかりと現実をうけいれ、おもいえがいていたまぼろしをすっかりぬぐい去るべきだとおもった。

剝製のチーターは、シベリアーリョ・ヘヘヘノヴィチ・チェレンコフの〈動物図鑑〉で見た写真よりも、だいぶ瘦《や》せて見えた。うつろな顔の剝製に顔を近づけ、そのにおいをかぐ。

「なんてこった、ほんとに死んでるんだな……」

と独りごちた。

「あたりまえでしょ。殺したんだから」

乾いた響きの〈未来ゴザ夫人〉の声。ヒョーはヒョーの目をのぞきこんだまま、

「危害を加えるかなにかしたのか？」

「いやにおとなしかったね。従順すぎて迫力に欠けるくらい」

「なら、なんで殺したんだ？」

「データを抽出したら用済みでしょ。粗大ごみに出してもよかったんだけど、インテリアにちょうどよさそうでね」

自然とミイラになってくれれば安あがりだとおもって餌《えさ》をやるのをやめたんだけど、だめだったの。ばかみたいにしぶとくて。だから首の付け根に注射をしたの。薬だってだまして。ばかだから疑いもしなかったみたい。でも死んでよかったんじゃないかしら。動物ってのは、おかしな病原菌をもってるでしょ。死んできれいになったんですからね――と〈未来ゴザ夫人〉は独り言のように話をしていた。だが、その言葉は錐《きり》のようにヒョーの鼓膜を貫き、脳の奥まで深々と突き刺さっていった。床を這う蜘

蛛が〈夫人〉のかかとでつぶされる。

「ああ、痛い……」

という蜘蛛の声がきこえた。〈未来ゴザ夫人〉に、その声はきこえていないらしく、チーターの死に際《しにぎわ》を、これまでになく愛想のいい声で話しつづけていた。ヒョーは尾鰭ですっと立ちあがると、オウムガイを気絶させる要領で〈夫人〉の顔を殴りつけた。いすにのけぞり〈夫人〉の声はやんだ。

「すまねえ、口よりさきにひれが出ちまった」

ヒョーは感情のこもらぬ声で肩をすくめた。

「おい、なにやってんだよ？」

〈座座座テレパス〉が口をぽかんとさせる。

「いっしゅん、皿のうえの三葉虫に見えたのさ」

「あたまいかれちまったのか？」

「かもしれないな」

ふいにアメリカ国歌〈星のちりばめられた旗〉の旋律がきこえてきた。のけぞったまま〈未来ゴザ夫人〉が歌いだしたのかと、ヒョーは背筋が寒くなった。だが、旋律は〈夫人〉の喉からきこえてくるのではなかった。部屋全体がバイオリンの胴のように震え、音を響かせているのだった。

生きているみたいに白黒格子を震わせる部屋の壁をヒョーはじっと見つめた。あたまのうえになにか粒のようなものが落ちてきた。天井を這う蜘蛛かムカデだろうとおもった。それはたてつづけに落ちてきた。小さな木片、石、ほこり、金属のかけらだった。震えはしだいに大きくなっていく。

「もしかして地震か？」

ヒョーはひれをたらして天井を見あげた。

「おい、婆さんが死んでるぞ！」

かがみこんでようすを見ていた〈テレパス〉の声に、ヒョーはがくぜんとした。

「嘘《うそ》だろ。オウムガイが気絶する程度に、ちゃんとひれかげんしたんだぞ？」

「相手は婆《ばばあ》だ。オウムガイの殻とはちがう」

「でも面《つら》の皮が厚いだろ？」

「限度ってもんがあるだろ！」

くすくすすと木屑《きくず》が降ってくる。建物の震えはいっこうにとまらなかった。ヒョーはうろたえ、たじろぎ、まごついていたが、〈テレパス〉になにかをいわれ、いっしょに部屋の階段をかけあがった。上階の吹き抜けに二重螺旋を描いていたエスカレーターは剪定《せんてい》された蔓《つる》のようにたれさがり、幾何学模様に組み合わされた鋼の骨組みたちが星形のいきものの呼吸するあばら骨のように、内部の光を反射させながら規則的に波うっていた。流れていた旋律はいつのまにかひとかたまりのすさまじい轟音《ごうおん》となり、あたまの中身がとけだしそうなほどに暑さをつのらせていた午後の町へととびだした〈テレパス〉とヒョーの背中を執念深く追いかけてくるのだった。

7

その日、地震が観測されたという記録はない。しかし、ジェンガのようにそびえていた塔は跡形もなく崩れ落ち、ビル型ストーンヘンジの地勢図は塗りかえられた。人びとはかつて塔がそびえていた空間を見あげながら、塔は所有者をうしない、そのかなしみのあまり倒壊したのだと話した。その証拠に、嘆きかなしむような塔の歌声が、ずっとあとまで町中の街路に響くのを耳にしたという。遠い沖合を航行していた貨物船のデッキで、その歌声を録音したと話す人もいたくらいだ。

アザラシのヒョーはコンバーティブルの助手席でゆられながら、いつのまにか眠っていたらしい。小惑星の衝突をおもわせる大きな震動とともに目が覚めたが、不思議と寝覚めがよかった。もしかすると、いい夢でも見ていたのかもしれない。だが夢の内容はまったくおぼえていなかった。

「降りろ」

ひっそりとした路地裏に車は停車していた。夕暮れに黄ばんだ街路はゆるやかに入り組み、見とおしがきかない。家々の戸口はかたく閉ざされ、部外者を無言ではねつけていた。日が落ちてもなお路地にへばりつく暑さ。〈座座座テレパス〉はハンドルを握ってまえを向いたまま、ヒョーをうながした。ヒョーは通りを見まわし、

「ここはどこなんだい？」

「さあな」

「用があるのか？」

「ない」

「いっしょに降りるんだろ？」

そうたずねたものの、返事はきかなくてもわかっていた。飛行機が音もたてずに赤茶けた空を横切っていくのが見え、なぜだかヒョーは視線でそのあとを追わずにはいられなかった。それもすぐに大量のバッタの群れでできた雲にさえぎられ見失ってしまう。サングラスの裏に隠した表情を変えず、〈テレパス〉は声を落とした。

「人殺しとは組めない」

ヒョーは鼻をひくつかせる。

「いまさらだろ」

「なんだって?」

〈テレパス〉はヒョーに横目を向けた。

「こっちはオウムガイをさんざん殺してきたアザラシだぞ」

「それがどうした?」

「相手が人間だろうとオウムガイだろうと、殺しは殺しさ」

「オウムガイと人間がいっしょなわけないだろ」

ため息まじりに〈テレパス〉は顔をしかめる。

「なぜさ?」

「オウムガイはただの食い物だ」

「〈ボス〉はどっちも平等に殺してたけどな」

あたまのいかれたアザラシだと〈テレパス〉は独りごちるようにいった。ヒョーはしばらく口をつぐんでから、つとめておどけた調子でひれをひろげてみせた。

「歌手にしてくれるんじゃなかったのかい?」

「おまえ、自分がなにをしたかわかってんのかよ」

〈テレパス〉が声を荒らげふりかえる。しょんぼりと髭をたらしてドアに背中を押しつけるヒョー。わかってるに決まってるだろとつぶやき目をふせる。

「いや、おまえはなにもわかってない」

「人を殺したんだろ」

「たんなる人殺しじゃない。超一級の殺人だ。相手はそこらをうろつく路上生活者じゃない。あの〈ゴザ〉だぞ。政治家たちを金であやつる大富豪だ。どういう意味かわかってるのか?」

「〈ボス〉は、貧しいものにはやさしくしろっていってたけど」

「いかれたことばかりいってんじゃねえよ!」

ハンドルに拳《こぶし》をたたきつける剣幕に、ヒョーは首をちぢめながらも、

「路上生活者も金持ちもおなじ人間だろ?」

「おなじなわけないだろ、まぬけ」

「まあ、そうかもな。金で人をあやつる婆なんて、とんでもない悪党だ。いっしょにしたら路上生活者に失礼だよな」

ヒョーは〈未来ゴザ夫人〉に殴られた頬をしずかにさすった。

「ぜんぜんわかってないな。悪党かどうかなんて、どうだっていいんだよ。その人間に価値があるかどうかが重要なんだ」

「正直、路上生活者のほうが価値があるとおもうぞ」

投げすてるかのようにサングラスをはずし、〈テレパス〉はヒョーの胸をたたいた。

「婆が死んで資金はゼロ。事業はおしまいだ。元手がなけりゃ金なんて増やせるわけがないんだからな。貧乏人はいつまでたっても貧乏人のまま。大金持ちがそういう仕組みを作ってるんだ。そんなことも知らないのかよ、鼻糞《はなくそ》野郎」

つばを飛ばして怒鳴る〈テレパス〉に、ヒョーは口をゆがめる。

「そっか、資金の問題ね。だったらあの婆さんを蘇《よみがえ》らせればいいさ。だって、いくらでも復元できるんだろ?」

永遠の命だなんて、金持ちの発想はピラミッドの時代からかわりばえしないもんなんだなと肩をすくめてみせる。

「復元したからっておなじ人間じゃないって、おまえいってたよな」

「まあ、そうだけど」

「それにデータがない。あのビルにすべてのDNAが保管されてたんだから」

ヒョーの声がうわずり、うらがえる。

「もしかして、〈次の地球〉ってやつも、まるごと破壊しちまったってこと?」

「いまごろ気づいたのかよ」

でもそんなの実現可能とはおもえないよなとヒョーはいったが、それでもいくばくかの可能性までもをすっかりだめにしてしまったのかもしれないという罪悪感のようなものが、のどもとでごろごろとつっかえていた。だいたい婆さんをそっくりそのまま復元できたところで、自分がいちどでも婆さんを殺したという事実は変わることがないのだ。

ヒョーは罪悪感から逃れるかのように調子はずれのハミングをしてみた。だがその声は震え、しおれ、のどにからまり転がり落ちる。視線をぐらつかせながら咳払いし、でもスマートフォンさえあれば、だれでも音楽が作れるわけだし、金の問題はあとから考えればいいんじゃないかと、ひれをばたばたぶらつかせてみせた。

「こいつはめでたいアザラシだ。宣伝する金はどうする気だ?」

ふて腐れるように〈テレパス〉はシートにもたれ、サングラスをかける。ヒョーは手持ちぶさたな調子でダッシュボードをなでた。

「こないだ録音した曲はどうするのさ?」

とたんに〈テレパス〉は血走らせた目でヒョーをにらみつけ、大声でまくしたてた。

「あ? おまえ、なにいってんだ。おれは降りろっていったんだぞ。どっかそこらに消えてくれってな。きこえてなかったのか。そのつんつるあたまは、見てくれどおり耳がないってのか。さっさと降りて、おれの視界から消えるんだ。目障《めざわ》りなんだよ。

じゃま。足手まとい。無価値。役立たず。むのう。くず。へど。かす。ひょうろくだま。ひるあんどん。蛆《うじ》。あほ。ばか。まぬけ。あざらし――」

耳はあるぞ、とヒョーはつぶやいたが、〈座座座テレパス〉は、もうきく耳をもたなかった。遠くの海をゆく船の汽笛がかすかにきこえたような気がした。


アザラシのヒョーは鰭脚歩行で町をさまよった。入り組んだ路地には、いつのまにか街燈《がいとう》が点っていた。回転式の灯台のあかりが十五秒おきに空をかすめていく。でこぼこの歩道につまずきそうになりながら、あてずっぽうにいくつもの角を曲がった。どちらを向いてもひとけがない。家々の窓や戸口は閉ざされ、路上生活者にさえ出くわさなかった。

このままあてもなくうろついていたら、早晩、放射線にやられて死ぬのではないだろうか。ぼろをまとって一週間だ。全裸なら何日なのか。自分のからだをおおうなめらかな毛なみは、はたして服のうちに数えられるのだろうかとヒョーはあれこれ考えずにはいられなかった。

歩きながら、ひれに視線を落とす。

自分はアザラシだ。泳ぐことすらままならないアザラシだ。歌もけっきょくだめだった。〈未来ゴザ夫人〉のいうように、自分にはなんの価値もないのかもしれない。〈ラーゲル店長〉のいうように、食肉にしかならない無用の長物なのかもしれない。このひれで多くの命をうばってきた。プールに泳ぐ色とりどりの魚。調理場のオウムガイ。三葉虫。星形のいきもの。青ざめた埴輪のような老婆。ことによってはビルを倒壊させたのも、このひれが原因なのかもしれない。

夜道のさびしさをまぎらせようと、小気味よくハミングしようとしても、たどたどしく声はもつれ、夜の空気を不穏にまごつかせるばかりだった。そうしてがたがたの敷石に尾鰭をとられてよこざまに転んだときには、もうハミングをする気力もうしなっていた。

お守りのように胸にかかえていたレコードが、転んだ拍子にわれた。ヒョーはため息をもらす。〈座座座テレパス〉のいうとおりだ。自分みたいなあたまのいかれたアザラシに、歌手なんてものはどだい無理だったのだ。ああ、自分もヒョーみたいなチーターだったらなあ。チーターだったら、なんでもできそうな気がするのになあ。

そのまま路上に寝そべり悄然《しょうぜん》としていたら、夜の暗がりに戸口をあけた一軒の家があるのに気づいた。ヒョーは立ちあがり、おもいきって声をかけてみた。五度目か六度目ほどの呼びかけに、咳払いがかえってきた。ゆりいすの音がした。だれかいるのだ。ヒョーは期待に髭をふるわせた。

「アザラシのヒョーですが」

名前を告げ、家主の警戒を解こうとした。数秒ほどの静寂ののち、はっはっはという、ひどくまのびしたわらい声がきこえ、家の灯りが消えた。それきり返事はなくなった。崩落した塔の歌声が海へと流れる風にのり、曲がりくねった路地をすりぬけていく。その咆哮《ほうこう》のような歌の残響が耳もとをかすめた。ヒョーはまるい肩を落として、またとぼとぼとあるきはじめた。

巨大な怪物の乱杭歯《らんぐいば》のように波うつ赤レンガに歩道をふさがれ、ヒョーは車道へ尾《お》鰭《びれ》をふみだした。すると、通りの先に見覚えのあるゴルフカートがうずくまっているのをみつけた。シベリアーリョ・へへへノヴィチ・チェレンコフがくれた、あのゴルフカートだった。カートは路面にめりこむようにして前傾し、フロントガラスやダッシュボードがはぎ取られ、車軸までもがむきだしになっていた。

そうだ。この通りで自分は穴にはまったのだ。そうして路上でけつまずき、坂下にあるシーフードレストラン〈超ヒット日本〉に転がりこんだのだった。

ヒョーは〈ラーゲル店長〉の口癖をおもいだした。働かざるもの食うべからず。

なにも働くのがいやで店を出たのではない。無法にこきつかわれるのがいやだったのだ。無休無給で殴打され、調理場のぬれた床で眠り、残飯のようなオウムガイを食べさせられる毎日がいやだったのだ。

だがそれも、なにものにも代えがたい貴重なシェルターだったということに、いまになって気づいた。ひとりあてどなく死の町を這いまわるのにくらべたら、なんて穏やかな暮らしだったのだろう。そうだ。〈ラーゲル店長〉に謝って、また店で働かせてもらおう。もういちどチャンスをもらうんだ。

ヒョーが顔をあげると、例の色あせた魚のおどる看板が目にはいった。だがそれは、暗い地面に横たわっていた。くすんだ色でたおれていた。店に灯りが点っていないばかりか、店そのものがない。あるのは焼けて崩れてまっ黒になった壁だけだ。慢性的に漂う山の煙で気づかなかったが、その一角にひときわ煙たい煙がひしめいていた。壁の手前に堆積《たいせき》したごみの山。〈超ヒット日本〉はすっかり燃え落ち、黒ずむ灰の山になっていた。

いったいなにがあったのだろう。ヒョーは焼け跡のまえでぼうぜんとなる。街路にはモンサントのパネルが横たわっていた。緑とオレンジのあざやかな衣服は灰にまみれていたものの、モデルの女はあいかわらずの無表情であらぬ方向に視線を投げていた。ひじから先は焼け、なにも持たずに路面と一体化している。

瓦礫《がれき》の山が音もなく崩れた。すぐにヒョーはそれが瓦礫でないことに気づいた。それは太った人間だった。あたまがなく、胸から上がくりぬかれたように黒く爛《ただ》れていた。死体は見たことのあるエプロンをしていた。顔がなくても、それがだれなのか、ヒョーにはわかった。どす黒い壁のまえで、あおむけになって死んでいるのは〈ラーゲル店長〉だった。

ヒョーはひどい動悸《どうき》に襲われた。あたまのなかで大きなビー玉の転がるような音がした。ビー玉の音にまじり、ぐずぐずぐずという排水溝のつまったような音が背後できこえていた。ぐずぐずという音はやまず、おそるおそるふりかえると、焼け跡にまるい塊が転がっているのが目にはいった。

人間のあたまだ。黒くひしゃげてゆがみ、片側のこめかみがごっそりえぐれていたが、その機嫌のわるい猫みたいな面影をのこした塊は、〈ラーゲル店長〉のあたまにほかならなかった。あたまはぐずぐずぐずと声をもらして、すすり泣いていた。そうしてヒョーの姿に気づくと、猫のような顔はたちまちアルミホイルのようにねじれ、おいおいおいと大きな声で泣きはじめた。声はひとけのない路地に反響した。〈ラーゲル店長〉のあたまはひどく取り乱し、

「なにもかもが水の底みたいだった。なにもかもが水の底みたいだった」

と涙まじりにくりかえした。すっかりおれはすっかりおれはすっからかんだ、すっかりからかんだと声をからした。首から離れた壁際のからだが、ばたりばたりと腕をひるがえしていた。ヒョーは〈ラーゲル店長〉のあたまの横に腰をおろし、焼け爛れた頬にそっとひれをそえた。頰の皮がずるりとめくれ、赤黒い血がむきだしになった。〈ラーゲル店長〉のあたまが嗚咽《おえつ》しながら語ったところによると、死んでいるはずのオウムガイが調理場の煮たった油のなかで暴れたらしい。ほうぼうにはねた油に焜炉《こんろ》の火が引火し、あっというまに店が爆発をおこしたのだという。

自分が気絶させたオウムガイのひとりだとヒョーはおもった。この爆発でほかのオウムガイたちもみんな吹き飛んでしまったにちがいない。こんなことになるなら、その場しのぎで助けてやったりなどするのではなかった。ちゃんと殺して、だれかの腹のなかへ入っていたほうがどれほどよかったことだろう。

中途半端《はんぱ》に見のがしてやったばっかりに店が焼けてしまった。自分はまたしてもとんでもないことをしてしまった。店が燃えたばかりか〈店長〉まで死んでしまったのだ。あたまのなかで見あげるほどに巨大なビー玉がごろごろと転がり、ヒョーはめまいでひっくり返ってしまいそうなかんじがした。

泣きはらした目をまっ赤にしている〈ラーゲル店長〉。胴をちぎられた芋虫のように、四肢が激しくのたうっていた。ちぐはぐに繋《つな》ぎあわされたみたいに統制がなく、おきあがることさえままならなかった。〈店長〉のあたまは声をからして嗚咽するばかり。

どうしてあげたらいいのか、どうしたらこのつぐないができるのか、ヒョーはまったくわからなかった。どうしたってつぐなえやしないともおもった。そして自分にはもう帰る場所がなくなってしまったことにおもいあたる。もうどこにもいくあてがなくなってしまった。ヒョーは腹のあたりにぽっかりと大きな穴があいたような心地がした。なにを食べても、この空隙《くうげき》は満たされることはないだろうと直感した。

ヒョーは〈ラーゲル店長〉に小声で歌を歌ってやった。言葉のない即興のハミングだった。夜に染《し》みこむ、しずかな旋律だった。その歌が〈店長〉や、あるいは老婆《ろうば》、それからオウムガイや三葉虫たち、その他多くの生き物たちの鎮魂になればいいと、ヒョーは祈りながらしずかな声で口ずさんだ。

歌が夜の空気をふるわせ、〈ラーゲル店長〉のあたまはいつのまにか泣くのをやめていた。そうして、ひっくひっくとしゃくりあげる。ヒョーはこんな歌でもなにかのなぐさめになるのならと、いっそうの祈りをこめて〈ラーゲル店長〉のあたまにささやきかけるように歌った。〈ラーゲル店長〉のずりむけた頬に、にわかに明るい笑みが浮かんだ。その口から、こわれた時計の針のような舌打ちがきこえた。直後〈ラーゲル店長〉のあたまが水風船のように破裂した。肉片が四方に飛び散った。ヒョーはまともにその爆風をうけ、苦く爛れた肉切れを全身に浴びた。

街角からハミングが消える。壁際のからだはもう微動だにしなくなっていた。ヒョーは目をしばたたかせた。なんてこった。あんまりじゃないか。歌をきかせたのがまずかったんだ。歌で爆発すると知ってたら、決して歌ってやりなどしなかったのに。ヒョーは髭をふるわせわなないた。そして、ぽつりぽつりとしずかな涙を地面に落とした。

わたしはいちどだけ、アザラシのヒョーと会ったことがある。そのときはまだ、かれがなにものなのかを知らなかった。歌に歌われ、ひとびとの口の端《は》にのぼるヒョーの話をきいたのは、もっとずっとあとになってからのことだった。

そのころわたしは、地球規模の人災で住む家を追われ、夏の暑さに押しやられるようにして列島を北上していた。なんのたよりもあてもないわたしのような汚染民はどこへいっても追い払われ、最後にたどりついたこの町の空き家のようになったホテルで、ようやく屋根のある一室を借りることができた。公的には存在していないはずの棄民だ。それが一時的にも間借りをゆるされたのは、ここがもはや人の住む土地ではなくなっていたおかげでしかない。汚染された町への移住者に、政府から支給された金はほんの数枚の硬貨。それだけを頼りにここへたどりつく者もいたが、一日分の食費にもならない金額だった。〈座座座テレパス〉のいうように、貧乏人なのか変わり者なのか、汗ばむほどに硬貨をきつく握りしめたわたしが、どちらに分類されるのかはいうまでもない。

アザラシのヒョーを見かけたのは、滞在していたホテルの近くにあったコインランドリー〈捨てアカウント広場〉でのことだ。時刻は朝の五時を過ぎていたが、街燈はまだ点《とも》っていた。ヒョーはずらりとならんだ水色の洗濯機のひとつに潜りこみ、あいた上蓋《うわぶた》からまあるい顔をのぞかせていた。

わたしはあいている洗濯機のまえにかごを置いた。洗濯物をなかに入れながら、そっと横目でアザラシにいちべつをくれた。町中にアザラシがいることにはおどろかなかったが、そんなふうに洗濯機にすっぽりからだをおさめているアザラシを見るのははじめてだった。それがこの地方特有のことなのか、それともやはりめったにないことなのか判断がつきかねた。こちらに悪意がないことを示すために、かるくあいさつの言葉をかけると、アザラシはいぶかしげに目をしばたたかせて口をひらいた。

「あんた、死んでるのかい？　それとも生きてるのかい？」

ひどく奇妙におもえる質問に、わたしは正直ぎょっとしたのをおぼえている。どこかまともではないアザラシなのかもしれないと、すこしばかり用心しながら、

「いちおう生きてるつもりだよ」

とこたえた。

「おかしないいかたをするもんだな」

とアザラシはいった。洗濯物を入れる手をとめ、かれに向きなおった。ひどく疲れたような顔をしていた。わたしはすこしかれのことが気がかりになった。

「きみは生きてるんだろ？」

「ああ、そのつもりさ」

「そこでなにをしているんだい？」

そうたずねると、つまらなそうな調子でアザラシはこたえた。

「いっそマフィアにでもなろうかとおもったんだけどな。だけど〈ボス〉のような身

のこなしでウージーを撃てる気がしない。こんなひれじゃどうしようもないよなって考えてたところさ」

すてばちな調子だった。マフィア、アザラシ、ボスといった言葉がならんでも、そのときのわたしには、ぴんとこなかった。シベリアーリョ・ヘヘヘノヴィチ・チェレンコフに関するニュースやうわさは、この町へ来てから何度か耳にしたことがあった。だがマフィアが猛威をふるっているから気をつけろという話ならまだしも、ひとりのこらず一掃されたというのだ。その手の話をきいてもほとんど注意がむくことはなかった。そのせいもあり、そのマフィアの男がアザラシといっしょに暮らしていたなどといったことも、ちっとも知らずにいたのだ。

大型のトラックが通りをすぎていった。きっと軍の噴霧車だろう。車体をきしませ、青白いヘッドライトでコインランドリーのガラス窓をなぞる。ペットボトルや空き缶が弾《はじ》けて転がる音がして、また静かになった。おもわぬ返事にわたしが困惑していると、アザラシはひどく長いため息を鼻からもらし、かすれた声でいった。

「ほんとうは回転するものを探してたのさ。レコードを回すのにな」

たしかにここは回転するものばかりだ。洗濯機にせよ、乾燥機にせよ。

「ここにあるものでは、レコードは回せないだろうね」

わたしの言葉がきこえているのかいないのか、

「だが、その肝心のレコードがどっかいっちまった」

と、アザラシは独りごちるようにいった。そりゃ気の毒にとかなんとか、わたしはあいづちをうったとおもう。ふいにアザラシはわたしを見あげ、ここにいて、じゃまにならないかとかなしげな顔をした。もしかして洗濯機にはまって出られなくなったのかいとわたしがきくと、いや、そういうわけじゃないという。

「コインを入れてくれないか。からだを洗いたいんだ。放射線をたっぷり浴びたからな。ひょっとすると、永久凍土に眠ってた未知の病原体もくっついてるかもしれない」

「そんなのがいるのかい？」

放射性物質のことについては知ったうえで、わたしはこの町へ来た。だが、永久凍土の病原体というのは初耳だった。

「そりゃ、いるさ。クリオネみたいに透明で目に見えないけどな。路地で眠ったあとは気をつけたほうがいい」

気をつけるよ、教えてくれてありがとうと礼をいい、そこでようやくわたしは、かれが住む家をもたないアザラシなのだと気がついた。そうでなければ洗濯物も持たずにこんな場所へ来るはずがないし、からだが洗いたいのであれば自宅でシャワーを浴びているだろう。

わたしはアザラシがあたまを出している洗濯機に硬貨を投入した。ピンク色の洗剤が水のなかへはきだされ、たちまち泡が立ちあがる。アザラシはゆっくりと回転しながら、心地よさそうに目をほそめていた。路上生活での疲れが、その顔にこびりついているようなかんじをうけた。

いくあてのないアザラシに、わたしは住む家を追われて各地をさまよっている自分の身を投影していた。それは明確な言葉でかんじたのではなく、もっと無意識的なものだった。それでも、なにかせめてもの助けになれないかとおもい、ポケットにつまっていた硬貨や紙幣をかき集め、アザラシの回る洗濯機の小物入れに置いた。それからわたしはなにもいわず、自分の洗濯物をすべて洗濯機にいれた。

「貧しいものにはやさしくしろっていわれたのかい？」

アザラシが回転しながら薄目をあけていった。わたしは言葉を選んでこたえた。

「いわれたわけでもないが、その意見には賛成だ」

アザラシはしずかに目を閉じた。

「ああ、これだけあったら、もう何日か洗えそうだ。こんなに親切にしてもらったのはひさしぶりだよ」

わたしはなんとこたえたかおぼえていない。

ビニールが破れて貧弱なスポンジのはみでたいすに座り、わたしは洗濯機のうごく音に耳をかたむけていた。いつのまにか街燈の灯りは消えていて、死んだ町がその死をむきだしにしようとしていた。

疲れにまかせて眠っているような顔で回転しているアザラシを見て、わたしはどうしたものか決めかねていた。昨夜、路上生活者を部屋にあげ、ひどい剣幕で追い出された客を見ていた。その男は路上生活者の女を町でひろってきたのだ。アザラシならどうかともおもったが、長逗留《ながとうりゅう》している上客ならともかく、そのときのわたしは町へ来て一週間足らず。今日の昼にせまった滞在更新の手続きもすんでおらず、袖口《そでぐち》の汚れた制服で顔をこわばらせた受付の男をうまく説得できる自信もなかった。

洗濯機の回転がとまり、アザラシはゆっくりとコインランドリーの床に降りたった。尾鰭でじょうずに立ちあがり、コンクリートの床に三角形のひれあとをのこしてあるいた。いちばんはしの洗濯機のまえへいき、字は読めるのかいと、わたしのほうをふりかえった。

その洗濯機には「故障中」と書かれた紙がテープで貼《は》りつけられていた。わたしが教えてやると、そいつは好都合だとふたをあけ、こわれた洗濯機のなかにからだをすべりこませた。

「ここなら、じゃまにならずに休めるだろ」

そういってアザラシは憔悴《しょうすい》した顔で片目をつぶり、洗濯機から顔を出したまま居眠りをはじめた。ちょうどわたしのほうの洗濯機もとまり、脱水されて絡《から》まった洗濯物をほぐして、かごにもどす作業に追われた。わたしはそのときもまだ迷っていた。

がくんという大きな音がして、わたしは顔をあげた。また軍のトラックが通りすぎたのかとおもったが、音がしたのは故障中の洗濯機だった。アザラシのまるいあたまをのぞかせながら前後に激しくゆれていたのだ。洗濯機から貼り紙がはがれて床に落ちた。からだをもぐりこませたまま、アザラシが暴れているのかとおもったが、そうではなかった。アザラシは目をしばたたかせてなすがまま。洗濯機は怒ってでもいるかのように怒号をあげてゆれつづけ、その震動は床からわたしの足にまで響いてきた。誤作動をおこしているらしかった。機械を止めなければとおもい、わたしはあわててかけよった。だがそのときにはもう遅かった。震動は加速して小刻みになり、またたく星のようにふるえていたアザラシのあたまは、みるみるうちに洗濯機のなかへと吸いこまれていってしまった。

震動がやみ、静けさがもどった。おかしな胸騒ぎにとりつかれて洗濯槽をのぞきこむと、そこにはもうアザラシの姿はなく、暗くうつろで底の知れない穴がぽっかりとあいていた。穴はどんよりと重くうずまき、無言で世界を飲みこもうとしているかのように見えた。あのとき、かれの窮状をもっとよく知っていたら、もっとちがう結末になっていたろうに。

わたしがアザラシのヒョーを目にしたのは、あとにもさきにもそれきりだった。

コインランドリー〈捨てアカウント広場〉の洗濯機に飲みこまれたとき、なぜだかアザラシのヒョーは地球形グラスにつがれたアクアマリン色の酒が〈未来ゴザ夫人〉にみるみる飲み干されていくさまをおもいだしていた。まるで自分のからだが液体となって吸いこまれていくような感覚がしたのだ。あたまや背をあちらこちらにぶつけ、腐った生き物と薬品のにおいでみなぎる濁流になすすべもなく飲みこまれた。そうしてまっ暗な闇《やみ》のなかを地球の磁場と重力もわからなくなるほど翻弄《ほんろう》されたあげく、地底の硬い岩肌に投げ出された。

したたかに打ちつけた腹をさすり、ヒョーはあたりを見まわした。空気はひんやりとしていた。ほどなくして暗がりに目が慣れる。かすかな音をたてて水の流れる地の底で、夜光虫のように青く発光する水棲生物《すいせい》たちの群れがきらめく模様を描いていた。水路のようにまっすぐのびる川。両側をぬるぬるとした壁にはばまれ、川は前後につづいていた。むせかえるヘドロのにおいに、どうやら下水道に落ちたらしいぞとヒョーはさとった。

でこぼこの岩肌とおもったものは、ひしめくようにコンクリートにへばりついたフジツボだった。フジツボはうずたかく積み重なり、大柄な人間のような姿を形づくっているように見えた。石灰質の殻をはりめぐらした肌がヒョーの衝突に反応し、無数の口をひらいて波うった。

天井近くの壁に自分の落ちてきた穴がななめに口をあけているのをみつけ、ヒョーは立ちあがってひれをのばした。だがつるつるすべり這《は》いあがることができない。尾鰭をすべらせ、ヘドロまじりの下水にひっくり返るたび、青い発光生物が炭酸のように弾け、明るい光をきれいに浮きあがらせた。

ヒョーは全身にあびた下水に、化学物質のようなにおいがまじっているのに気づいた。〈超ヒット日本〉で飲んだモンサントにもにていたし、街路にみちていた消毒液のにおいにもにていた。ヒョーはため息をつき、流れる川の先をみつめる。なにも無理に這いあがる必要はない。水が流れている以上、じゅんぐりに通路をたどっていけば、いずれどこかへたどりつくのだから。出口をみつけて〈捨てアカウント広場〉へもどろう。見知らぬ男にもらった硬貨も置きっぱなしだ。それでさっさと汚水を洗い流すとしよう。

ヒョーは立ちあがり、ひたひたひたと水をはねてあるいた。やがてそれももどかしくなり、腹ばいですすむ。汚染された水がざぶざぶ顔にかかるのもかまわないほど気がせいていた。だが、いけどもいけども出口はいっこうに見えてこなかった。どこから地上の光が射《さ》しこんでくることもなければ、外から風が流れこんでくることもなかった。

気がせくあまり、ヒョーはまともにヘドロを飲みこんでしまった。目をしばたたかせ、肺炎でもおこしたみたいな咳《せき》をし、青くきらめく汚水にからだをまるめる。地下のにおいはからだの奥まで染みわたり、嗅覚《きゅうかく》は死に、重苦しいあたまの鈍痛だけが、さらされている異臭の存在を示していた。

ヒョーはぐったりとひれをとじた。疲れたようすで目をほそめる。この疲れからは、もう死なないかぎり逃れられないようにおもえた。いったい町へもどれたところで、ひとつもいいことなどありはしないのだ。洗濯機でからだを洗い流すのがせいぜいで、汚染におびえながら、ほうぼうをうろついてまわらなければいけないのは、地面の上でも下でもいっしょじゃないか。

大ぶりな三葉虫がひっそりと水のなかに這っているのをみつけ、ヒョーはひれでつかんで食べた。殻ごとばりばり嚙《か》み砕いた。うまいともまずいともおもわなかった。ヒョーは出口を探すのをやめた。

いきあたりばったりに下水路をたどった。大半を眠ってすごし、腹がへっては地を這う生き物を食べた。地下には昼と夜との区別がなかった。どれだけの時がたったのか、すぐにわからなくなった。

下水にひしめく生物は三葉虫ばかりではない。多足化してぶよぶよにふくれた半透明の水ミミズ。はさみ形の大きな腕をぶらさげたウミグモ。人間みたいな目をした木星色の這いクラゲ——。どの生物もいちように大きく、なかにはヒョーを上まわるほど大きな個体もいた。そのすべてをヒョーは食べた。どれもやわらかいゴムの味がした。みな食べられながらなにかを話していたが、ヒョーはあえて耳をかたむけようとはしなかった。

こんな生活もわるくないと、ヒョーは言葉の外でおもった。食べものはいくらでもいるし、これといって不都合なこともない。とりわけ人間たちを蹴《け》ったり蹴られたりすることがないのがいい。ひどく穏やかでおちついた生活だ。これこそが自然な状態なのではないか。ヒョーはやすらぎにになにかをかんじはじめていた。

奥深くに迷いこむにつれ、生き物の様相はさらに変化していった。

壁が赤味を増し、耳障りなほどの羽音と金切り声をまきちらして宙を飛ぶ、無足の巨大バッタが出没しはじめた。天井には伸び縮みする舌でバッタを捕食するピンク色の軟体動物が。両側の壁には硫黄のような臭気を放つイソギンチャクめいた生き物がめりこんでいて、通りかかるものに湿り気を帯びた黄ばんだガスを吐きかけるのだった。

うつろな顔で生き物たちをむさぼりさまよっていたら、白い壁につきあたった。どうやら袋小路らしい。だが下水路にいきどまりがあるというのも不可解だった。ヒョーはひれで壁に触れてみた。壁は弾力性があり、きらきらする粘液でべたついていた。たしかめるようにもうひと押しすると、ずるずると音をたてて壁がスライドしはじめた。ぬかるんだ粘液がかきだされ、足もとをすべりやすくさせる。

すぐに地響きのような音がわき、トンネルがゆれた。ヒョーは立っていられなくなり、その場にへたりこむ。激しい震動で天井が崩れ、轟音とともに生き埋めになるのではないかとおもった。だがしだいにゆれはおさまり、尾を引くように音もやんだ。やにわにゼラチン状の塊がとんできて、ヒョーの鼻先をかすめた。通路をふさいでいた壁が、べたつく粘液をはねとばしていったのだ。

壁が消え、直交する十字路があらわになった。ヒョーは新たにできた通路をのぞきこんだ。あれは壁ではなく、巨大な白ムカデの腹だったのだ。棚引く煙のように長いからだを下水の通路に横たえていたのだ。ムカデはたくさんの足をきれいに波うたせ、穴の奥へと姿を消した。

通路に赤い液体がしたたっていた。壁や天井からも液体が吹き出していた。通路全体が脈打ち、小刻みに蠕動《ぜんどう》しているのにヒョーは気づいた。

ヒョーは髭《ひげ》をふるわせ、あごをがくがくさせた。下水路の壁は呼吸をしているのだ。生きているように呼吸をし、血を流しているのだ。それならここは、下水路ではない。ここはなにかの巨大な生物のからだのなかなのだ。三葉虫もバッタもなにも、この巨大な生き物の体内をうろうろしているにすぎなかったのだ。

そのとき脳裡《のうり》をよぎった連想に、ヒョーは背筋がぞっと冷たくなった。銀色の鋭い氷柱《つらら》を、眉間《みけん》に突き立てられたような心地がした。自分は、〈未来ゴザ夫人〉のからだのなかをさまよっているのではないだろうか。知らないうちに、その内部に取りこまれてしまったのではないか。そうだ。〈夫人〉は町のあちらこちらに無数のうつろな口をあけ、うかつな連中をその体内へ取りこんでいるのだ。そうしてかのじょはあらゆるものを飲みこみ、永遠の命を生きながらえているのではないか。ひょっとするとこれが、かのじょのいっていた〈次の地球〉というやつなのかもしれないぞ――。

ヒョーは全身をがたがたとふるわせた。痙攣《けいれん》といってよかった。さっさとここから脱出しなければ。

いてもたってもいられなくなり、鰭脚歩行で転倒し、右往左往に這いまどう。あの人間の形に堆積したフジツボの塊はどのあたりだったろう。あそこにあった穴をよじのぼれば、〈捨てアカウント広場〉へ出られるにちがいなかった。だがあの塊は、偶然に人の形になったのではなく、ほんものの人間にびっしりとはりついたものだったとしたら？　いまごろむっくりおきあがり、〈夫人〉の体内をあてどなくさまよっているところかもしれない。

ヒョーのひれがひるがえるたび、通路を流れる発光生物が青く光を弾けさせ、どこまでも追いかけてくるかのようだった。だが出口はまるでわからない。まったくの無計画でさまよってきたため、どこをどうあるいてきたのか、ちっともおもいだすことができなかった。

自分は報いをうけたのだとヒョーはおもった。老婆を殺した報いをうけたのだと。でも、それならどうしてオウムガイを殺した報いをうけていないのだろう。なにも人間だけが特別というわけがない。それになぜ人間の幽霊ばかりあらわれるんだ。シベリアーリョ・ヘヘノヴィチ・チェレンコフしかり、〈ラーゲル店長〉しかり。無数の死んだ生き物たちの幽霊はどこへいったのだろう。死んで幽霊になるのは人間だけなのか。それなら自分は死んだらどこへいくんだ。海の底にある町へいけるんじゃなかったのか?

ヒョーは休むことなく這いずった。時間の感覚が消え、自分が目覚めているのか眠っているのかもあやふやになった。あるとき這いまわりながら夢を見た。チーターのヒョーの夢だった。チーターのヒョーは背中に羽を生やしていた。白鳥みたいなおおきな翼だった。

「もといた場所へ帰らなければいけないようだな」

と、チーターのヒョーはいった。いっしょに帰ろうとヒョーをさそうのだった。夢のなかでチーターのヒョーは、高層ビルのように大きくなったり、砂粒ほどに小さくなったりしていた。アザラシのヒョーが返事に迷っていると、チーターのヒョーは翼をふるわせ、青くきらめく川の底へずぶずぶずぶと沈みはじめた。ヒョーはあわててひれをさしのべた。だが、チーターの姿はあっというまに川に沈んで跡形もなく消えてしまった。底に穴でもあるのかと水をかきわけても、平らにぬめる川底に触れるばかりだった。

ヒョーははっと目を覚ます。もといた場所へ帰りたいとヒョーはおもった。もといた場所というのは〈捨てアカウント広場〉だろうか。いや、そうではない。シベリアーリョ・ヘヘノヴィチ・チェレンコフの邸宅〈生命線プラザ〉だ。〈プラザ〉に帰りたいとヒョーはおもった。そうして〈ボス〉といっしょに暮らしていたころにもどりたいとおもった。ひとりで町へ出たのがいけなかった。あれがすべてのまちがいのもとだった。なにがあっても〈プラザ〉を出るべきじゃなかったんだ。だが、あの家はもう瓦礫の山になっているのをおもいだし、ヒョーはうなだれる。川面《かわも》が鏡のようになっていた。そこに映った自分の顔を見て、ヒョーはぎょっとした。

口から触手が生えていたのだ。まるで自律した意思でもあるかのようにうにょうにょと口のまわりでゆらめいていた。脇腹《わきばら》からは節足動物みたいな白っぽい足が生え、胸には掃除機の黒いチューブのようなものがはりめぐらされていた。尾鰭はいつのまにかフジツボでびっしりとおおわれ、うまく立ちあがることができなくなっていた。

おかしなものばかり食べていたせいで、からだが変形したのだ。自分はとんでもない化け物になってしまった。なかでも胸に埋めこまれるように連結しているチューブが不気味だった。こんな気色のわるいものは抜いてしまおうとおもった。ちからまかせに引っぱると、すぐさま焼けるような痛みに襲われた。むきだしの心臓を赤子につかまれたような痛みだった。おびただしい苦痛に、ヒョーは背中をまるめる。吐き気をもよおし、食道をなにかがせりあがってくるのをかんじた。

なすすべもなく口から吐き出したそれは、人間のふにゃふにゃとした耳だった。色あせたゴムの塊みたいだった。耳は生きてるみたいにうごめいた。ヒョーはそれを見、また吐いた。こんどはピンポン球ほどの眼球だ。たてつづけにぽこぽこぽこと吐き出され、とめどなくあふれた。どす黒い虹彩《こうさい》のふやけた眼球がどぼどぼ音をたてて水にこぼれた。

胃袋がからになると、あたまの奥からメトロノームのような音がきこえてきた。ヒョーはうろたえおちつかない気分になる。どうやって音をとめたらいいのか見当もつかなかった。通路の壁が蠕動する。のびちぢみをくりかえし、表面から赤い液体がほとばしりはじめた。液体は天井からもしたたり、川面をみるみる赤く染めていく。通奏低音が鳴り響き、通路が上下左右にゆがみはじめた。

ゆれうごく通路にヒョーは這ってすすむこともままならなかった。なすすべもなくじたばたしていると、通路の奥からしらじらしい足どりのダビデ像が姿をあらわした。それもひとつではない。何体ものダビデが行列をなしてやってくる。どれもみないちようにおなじうごきをしていた。ダビデたちは肩に黄色いアヒルをのせていた。川面に落ちた眼球が爆竹のようにつぎつぎと弾け、赤い血水をはねとばす。ヒョーの視界がゴムのようにのびちぢみし、重力でゆがんだ空間のようになる。

こわれたピアノのような硬い音が、耳障りな旋律をくりかえしていた。重力のゆがみで、ダビデたちの胴は三日月のようにえぐれ、通路の先までまるい空洞があいているかのよう。ダビデの行進にあわせ、空洞は透明な蛇のように波うった。ヒョーはとうとう文字にならない悲鳴をあげた。だしぬけにすべての音がやみ、空洞の奥でなにかがまたたいた。そのとたん、腐った生き物のにおいが猛烈に鼻をつき、ヒョーは目を覚ました。青い水路に横たわり眠っていたらしい。ひれも腹もなんともなかった。川面に映った姿はぼろぼろにやつれていたが、アザラシ以外のなにものでもなかった。ひどい腐敗臭がたちこめていた。息をするのもうとましいほどの悪臭だ。ヒョーは髭が自然とゆれているのをかんじ、はっとした。風だ。下水路で風が吹いたのははじめてのことだった。通路の奥でなにか弾ける音がした。首をかしげてのぞきこむと、夢のなかでダビデ像たちがあるいてきた先から、黒くきらめく濁流が押しよせてくるのが見えた。

濁流は通路の天井までもかさがあり、悪臭とうなり声を放ちながら、ヒョーにむかって突進してきた。一瞬だ。ひれをうごかすまもなく、どす黒いきらめきに飲みこまれた。きらめきは、生き物たちや、死んだ生き物たちや、生き物たちと死んだ生き物たちの汚物にまみれ、血や、脚や、ストローや、化学物質にまみれ、ヒョーにまみれ、まみれたヒョーの重力をうばい、空気をうばい、自由をうばい、口や目や耳からヒョーを浸食し、からだの奥へと浸食し、あたまのなかまで浸食し、脳をじわじわ浸食し、ヒョーそのものを苛《さいな》んだ。

プールで溺《おぼ》れたときのことをヒョーはおもいだしていた。このまま溺れて死ぬのだとおもった。溺れたところで、もう助けてくれる人はいないのだから。アザラシに人工呼吸をしてくれる人など、シベリアーリョ・ヘヘノヴィチ・チェレンコフをおいてほかにない。いよいよおしまいだなとおもった。もっとましな死にかたはなかったんだろうかとおもった。押しやられ、押し流されて、自分の死骸《しがい》はどこへいくのだろう。死ぬんだからどこだってかまいやしないが、さらなる下水にはきだされるのではないかとヒョーはおもった。なんどもなんどもくりかえし——。

8

日没後、ヒョーは海をめざしていた。町をかすめる灯台のあかりに身をかがめ、夜の暗がりにまぎれて足をしのばせあるいているうちに、いつのまにか郊外の廃工場らしきところへ迷いこんでいた。えぐれてかたむきひしゃげた建屋が目についた。構内にならぶ巨大なサイロのような建物には見あげるほどの亀裂《きれつ》が入り、その側面に描かれた地球のほほえみをまっぷたつに引き裂いていた。そのあまりの大きさに圧倒され、ヒョーは自分がひどく小さな生き物になってしまったような心地がした。

あたりに散乱する大量の黄色いドラム缶。暗がりに蝟集《いしゅう》してそびえたつ巨大なタンクの群れ。そして疲れた角度でうなだれたクレーンたち。雷みたいな割れ目の走ったコンクリートの敷地には、長年降り積もったプラスチックが敷きつめられ、地面になにかのモザイク画でも描いているように見えた。ドラム缶に記された赤い三つ葉のマークに、どうやら単なる工場跡地ではないらしいなとヒョーはおもいあたる。

ひとけもなく静まりかえった巨大サイロのそばにアザラシが横たわっているのをヒョーはみつけた。目を閉じて眠っているのか、それとも死んでいるのか見わけがつかなかった。ヒョーは前足でアザラシの頬をなでた。鋭い爪《つめ》で傷つけないよう、そっと――。

アザラシのヒョーはとめどなくあふれかえる黒い奔流にえんえんと押し流されているあいだ、シベリアーリョ・ヘヘヘノヴィチ・チェレンコフの邸宅〈生命線プラザ〉のワインセラーの横に口をあけた逃走用通路のぽっかりとした暗がりをおもいだしていた。もしかすると自分は、町のいたるところにはりめぐらされた地下通路を流され、うまいぐあいに〈プラザ〉へ舞いもどるのではないだろうか。そんなことをおもいつつ、うねる濁流に飲まれ、水を飲みこみ、あたまの奥でまたたくまぶしい光に目をほそめながら、意識がしだいに遠のいていったのだった。

目を覚ましたヒョーの視界に飛びこんできたのは、黒い涙の線をくっきりと浮かべたチーターの顔だった。チーターは痩《や》せ、空腹そうな目つきをしていた。腹をうえから押さえこむようにしてのしかかっているチーターに、これから自分は食べられるのだなとヒョーはおもった。だがすぐにそれが、チーターのヒョー兄弟だということに気づいた。

自分は地下で濁流に飲みこまれていたはずだが、いったいなにがどうなったのかとあたまがこんがらかった。コインランドリー〈捨てアカウント広場〉の洗濯機へ逆流したわけではないらしい。荒れはてた廃墟《はいきょ》のようだが、〈生命線プラザ〉へもどったにしてはどうもようすがちがう。かといって、爆発で全焼した〈超ヒット日本〉でもなければ、跡形もなく崩れた〈未来ゴザ夫人〉の高層ビルでもないようだ。

困惑顔で視線をめぐらすアザラシのヒョーに、チーターのヒョーはしっぽをゆらし、ここは海辺の放射性廃棄物処理場〈モール・デル・ソル〉だと教えてやった。

いったいどこを潜《くぐ》りぬければ、そんな場所へ出るのか。シベリアーリョ・ヘヘヘノヴィチ・チェレンコフがはりめぐらせていた逃走用の地下トンネルが、処理施設につながっていたとでもいうのだろうか。地下に広がる坑道や給水ポンプの水道とどこかで交差でもしていたのか。あるいは地震で入った亀裂で意図せず連結されてしまったのか。

まさかというようなとんでもない出口といえなくもないが、これでは警官隊の目を逃れたところで、放射線にやられて死んでしまうではないか。ヒョーはあきれた顔でため息をもらし、胸にたまった水をチーターのヒョーがはきださせてくれたことに気づく。なんだ、自分はまだ生きてたのかとおきあがり、ひろげたひれに目を落とす。

ひどいにおいが染みついていた。耳の奥まで汚物で充《み》たされているようなかんじがして、すぐにでもコインランドリーにかけこみたいとおもった。

チーターのヒョーは、地下で見たまぼろしのように大きな翼を生やしてはいなかった。ほっそりと痩せこけ、いまにも地面から足が浮きあがりそうに見えた。でも死んだんじゃなかったのかとヒョーはチーターに向きなおる。

「だってほら、ビルが崩れて生き埋めに——いや、とっくに死んでたんだよな。例の婆《ばばあ》にやられてさ」

それならいま目の前にいるのはチーターの幽霊ってことか。

「あのときは生きてたんだ」

とヒョー兄弟はゆっくりまばたきをした。

「ん、剝製《はくせい》だっただろ?」

「ずっと息をとめてたんだ」

「ほんとかよ。なら無事に逃げてきたってわけか」

さすがチーターってのはすごいもんだなと感嘆し、ヒョーは目をまるくしたが、

「いや、ビルが崩れて生き埋めになった」

といわれ、がっくりと肩を落とした。

「わるかったよ。ごめん、ほんと。わるかった」

なあ、とチーターのヒョー兄弟がヒョーの顔を見つめていった。

「もといた場所へ帰らないか？」

たしか夢のなかでもそんなことをいわれたぞとヒョーはおもった。なるほど、あれは予知夢だったんだな。でなけりゃ、ヒョー兄弟の無意識が夜のあいだにはみだして、空を飛んできたんだ。そうしてこちらの意識のなかへ潜りこみ、夢となってその姿をあらわしたにちがいない。そんなことをおもいながら、ヒョーはたずねた。

「もといた場所ってどこのことだい？」

「もといた場所はもといた場所だろ」

「でも〈未来ゴザ夫人〉のビルはもうないだろ」

「あそこには帰りたくないな。地下で暮らすのはこりごりだ」

と、まるくむすんだ口もとをゆがめるヒョー兄弟に、ヒョーは何度もうなずいた。

それから鼻をひくひくさせて顔をよせ、チーターのにおいをかいだ。ビルの地下でかいだのとおんなじにおいだ。たしかに地下はこりごりだよなといいながら、ヒョーはおおきく口をあけ、ヒョー兄弟のあたまを親しみをこめてあむあむと噛んでみた。ヒョー兄弟がそっと首をかたむけ、肉球でヒョーの顔をどかす。ヒョーは目をしばたた

かせ、

「なら〈生命線プラザ〉かい。いったことないだろ。それとも昔いった記憶があるのかい。だけど、あそこだってぼろぼろなんだよな。〈ボス〉が生きてりゃ、歓迎してくれたろうけどさ。遅かったな、あまりにもね。もっと早くに知ってたら、きっと迎えにいってたのに」

なにもかもが手遅れだ、帰る場所なんてどこにもないよ、とヒョーはほとんど独りごちるような調子になっていた。それから待てよと首をかしげ、

「なんでこんなとこをうろついてたんだ？」

「そりゃ、もといた場所へ帰ろうとおもったからさ」

「まさか廃棄物処理場で暮らしてたなんていわないよな？」

「海だよ」

チーターのヒョーはいった。アザラシのヒョーはぽかんと口をあけた。

「そいつはこっちのせりふだぞ。自分のことをアザラシだとでもおもってるのか？」

ヒョーはおかしな冗談でもきいたみたいに転がり、ひれで腹をたたいた。チーターのヒョー兄弟は気をわるくするようすもなく、

「アザラシだったらよかったのにとおもったことはあるけどな。海にいくにしたって、

町中で自分みたいなチーターに出くわしたら、人間たちはなにをするかわかったもんじゃないし。なるべくひとけのない道をあるいてたら、こんな物騒な場所に出ちまった。だけど敷地のむこうが浜辺だし、近道っていえば近道だったな」

「ほんきで海へいくつもりなのか?」

「けっきょく最後には、そこしかいく場所がないだろ」

真顔で肩をすくめるチーター。その泰然としたようすに、ヒョーははっとなった。

「そうか、海底の町にいくのか!」

なにしろこのヒョー兄弟は、ずっと息をとめて剝製のふりをしていたというのだ。それならきっと、ものすごい魔術を知っているにちがいない。自分もその魔術をかけてもらえば、たとえ海の底へ潜ったって、息苦しさなんてかんじることはないだろう。こいつはいよいよ海の町での暮らしが実現できそうだぞとヒョーは胸を躍らせ、早口になった。

「そうだよな。それに生き物ってのは、もとをたどればみんな海からやってきたんだもんな。ほんと、じつに理にかなってる。チーターってのはあたまがいいんだなあ。よくよく考えてみれば、アザラシもチーターも祖先がいっしょ、兄弟みたいなものだしさ。みんなどこかで血がつながってるってわけだよな」

ヒョーがこのうえなくうれしそうに尾鰭《おびれ》をばたつかせると、ヒョー兄弟は鼻先でぐいとヒョーの腹をついた。

「なにいってんだ。海のむこうへいくんだぞ。海を渡るんだ」

アザラシのヒョーは怪訝《けげん》な顔で首をかしげる。

「海を渡るだって。待ってくれよ。なんなんだ、その荒唐無稽《こうとうむけい》な話は？」

「どっちがだよ」

「いったいどこへいくつもりしてるんだよ？」

「海のむこうの生まれ故郷さ。そっちは海のどこかだろうが、こっちはどこかの大陸だ。いずれにせよ、目の前の海を渡らなければいけないのはいっしょだ」

おもっていたのとはちょっと話がちがうようだぞと、ヒョーはふうんとうなる。ひれであごをかき、猫とアザラシが遠い昔、海と陸とにはなればなれになったのかもしれないとおもったことをふとおもいだした。

「なるほど。でもそれってどっちの方角なんだ？」

「はっきりとはわからないが、太陽や星、それに地磁気をたよりにすればいずれたどりつくさ」

ヒョーはいつかシベリアーリョ・ヘヘヘノヴィチ・チェレンコフに見せてもらった

地球儀の姿が脳裡をよぎり、自信のない声をもらした。

「そっちとこっちとじゃ、住む場所がちがうんじゃないのかい？」

「どこから来たか覚えてるのか？」

「いや、覚えてないな」

「そうだろ。海を渡るあいだにおもいだしたら、そこでわかれればいいさ。それまではふたりで協力するのがよくないか」

それは一理あるかもとヒョーはおもった。それから自分はいったいどこに住んでいたのだろうと考えた。だがどうしてもどこかで泳ぎ、水のなかをくるくる回っていたという漠然とした記憶しかおもいだせなかった。ほんとうに生まれた場所に帰れるとおもうかいと、ヒョーは髭をゆらしてたずねた。

「こういうことにはだれだって直感ってやつがはたらくものさ」

ヒョー兄弟は自信たっぷりに尻尾《しっぽ》を高くあげた。故郷から遠くはなれているからかんじないだけで、近くに来れば、ここがたしかに生まれた場所だとわかるものだという。土のにおいや水の味、音、空気のふるえ、ちょっとした日差しの角度、石の感触、そうしたものに触れたとたん、なにもかもをいっぺんにおもいだすのだと。

ヒョーはその瞬間のことを想像し、もしそれがほんとうになれば、世界の光景ががらりと変わるだろうなとすこしわくわくしてきた。だいたいこの町にいても、もうどうにもならないのだ。帰る家はないし、シベリアーリョ・ヘヘヘノヴィチ・チェレンコフだっていない。またどこかのレストランで仕事にありつけたところで、すぐに役立たずのろくでなしだとばれて蹴りとばされるに決まっている。

「でも、どうやって海を渡るんだい？」

そうたずねながら、ヒョーはシベリアーリョ・ヘヘヘノヴィチ・チェレンコフが所有していた黒鳥形のクルーザーをおもいだしていた。まだ港にあると〈ボス〉はいっていたけど、どうだろうか。〈生命線プラザ〉にあった財産はすっかり政府に押収《おうしゅう》されてしまったが、港のほうにまでは手がまわっていない可能性もある。ヒョーがそのことを話すと、

「そんなのいらないさ。歩いていくんだから」

と、ヒョー兄弟は調子のいい足ぶみをして見せた。なにいってるんだとヒョーはあんぐり口をあける。それからひれをぶらぶらとさせ、またヒョー兄弟のあたまを噛んだ。

「まさか、こっちの背中にのって海を渡ろうなんて計画してるんじゃないよな？」協力ってそういう意味だったのかよと口をあむあむさせる。

「いや、歩いていくんだ。文字通りな」

「いくらなんでも歩いて海を渡れるわけがないだろ」

「知らないのか、水のうえを歩く話は大昔からある。世界中で読まれてる〈新しい約束〉っていう本にだって、ちゃんと書いてあるぞ」

字は読めないんだとヒョーは兄弟のあたまを嚙むのをやめる。

「仮に歩けたとしてもさ、よく転ぶんだよね。海のうえで転んだら、そのまま溺れそうだ」

「アザラシが溺れるわけないだろ」

「いや、溺れるんだよ」

冗談が好きなアザラシなんだなとチーターのヒョーはまじめにうけとらなかった。アザラシのヒョーは顔を曇らせ、それにこのあたりの海には、とんでもなくばかでかいオウムガイがいるってきいたぞ。ひどく凶暴で軍の潜水艦もまるのみにするようなやつがさ。そんなのに出くわしたらどうするんだいといってみたが、やはり冗談だとおもわれたようだった。

「どうした、いかないのか？」

チーターのヒョーがふりかえり、困ったような顔で浜辺にたたずむアザラシを見つめた。砂浜では星形のいきものが泥にまみれて青い光を明滅させている。アザラシのヒョーはその光景に、地下に流れていた汚水の川をおもいだした。あそこにいたのとおなじ種類のいきものだろうか。

あたりには打ちあげられたプラスチック製品ばかりでなく、破れた投網《とあみ》、巨大な流木などといった漂着物が光をにじませ浮かびあがっていた。見あげるほどに太い流木は、巨大な人間の手の形。まるでだれかが彫りだしたかのように見えた。そんななか、いやでも目をひいたのが、むきだしの脳みそのような白い塊だ。しわしわなのにやたらと光沢のある脳みそ状の物体が、あちらこちらに無造作に投げ出されていて気味がわるかった。

奇妙な斑点《はんてん》模様の岩が視界のすみでうごいた。目の錯覚かとおもった。だがそれが岩ではなく体長十メートルはありそうなオオウミウシだと気づき、ヒョーはたじろぎひれをふるわせた。大きな波で打ちあげられたのだろうか。襲ってくるのではないかと身がまえたが、オオウミウシはからだをこまかく蠕動させただけで、まえにもうしろにもすすもうとはしなかった。

ヒョーはごくりとつばを飲みこんだ。浜辺でこの調子なら、海に出たらどんなにおそろしいものが待ちかまえているかわかったものではない。さっきは口からでまかせでいいかげんなことをいったが、潜水艇〈夢減速スクリュー33〉は政府に撃沈されたのではなく、ほんとうに超巨大なオウムガイにやられたのではないだろうかという気がした。海から漂う腐った卵のようなにおいもまた、ヒョーの気持ちをひるませた。花のにおいなど、ちっともしていなかった。

真夜中ちかくだろうか。星はどんよりとまたたいていた。血をかぶったような色をした月が空に浮いている。十年ほどまえにシベリアーリョ・へへへノヴィチ・チェレンコフと海辺へ来たとき、海は赤い色をしていた。埠頭《ふとう》の移動遊園地でイルミネーションが点《とも》りはじめる夕暮れまえ、レストランの窓から見える海が赤黒くさざめいていたのをヒョーは覚えている。プランクトンが増殖したんだな、水温があがったせいかもしれんと、〈ボス〉はヒョーといっしょに海をながめながらいっていた。いつだったかフラミンゴの写真を見て想像したのも、そんな赤い色の湖だった。

海を見るのはそのとき以来だった。こまかな塵《ちり》の漂う夜空の下。広がる海はひどくきらきらとしていた。油膜が見渡すかぎりをおおい、シャボン玉の表面みたいな虹色《にじいろ》のスペクトルを描いていた。まるで宇宙望遠鏡がとらえた超新星爆発の残骸みたいな色をした海は、大量のプラスチックを浮かべていた。いろとりどりのカラフルなプラスチックが水平線のはてまで埋めつくし、その無機質な表面をかがやかせているのだった。

チーターのヒョー兄弟はプラスチックに足をのせ、するするすると歩いていった。波打ちぎわで立ち止まることもせず、まるで砂浜がずっとつづいているかのような足どりだった。アザラシのヒョーはあっけにとられ、立ちつくす。ヒョー兄弟はどんどん先へと歩いていく。ヒョーは半信半疑でおそるおそるプラスチックのうえにひれをふみだしてみた。おもちゃの飛行機や洗剤のボトルがくるりとまわってバウンドする。波にさらわれ、すぐにべつのごみと入れ替わる。オセロ、ラジカセ、ダッシュボード。とてもじゃないが、このうえを歩いて渡れるとはおもえない。せめてゴムボートのようなものでも浮いていればとおもったが、それらしきものは見あたらない。ヒョーはそのまま浜辺にたたずみ、ヒョー兄弟の後ろ姿を見つめるほかなかった。

チーターのヒョー兄弟は海のうえでアザラシのヒョーをふりかえり、しっぽをゆらめかしていた。どうした、いかないのかという兄弟の声が、浜辺のヒョーにはずいぶん遠くにきこえた。ヒョー兄弟はあたりまえのように海のうえを歩いている。それが海いちめんをおおっているプラスチックのおかげなのか、それともチーターのもつ魔力のおかげなのか、ヒョーにはわからなかった。

断崖《だんがい》のけわしい島に建てられた古い灯台があかりを回転させ、きらめく海の表面をしずかになぞっていく。まるで灯台を建てるためだけに海上に突き出たかのような小さな島だった。灯台のそのおおきな目玉のようなあかりに、ヒョーはじっと監視されているみたいな心地がして、十五秒おきに光に囚《とら》われるたび、なんだかひどくおちつかない気分にさせられた。背後をふりかえれば、腹のさけたサイロ型のタンクがひっそりと、ふつりあいなほどの大きさで威圧的にそびえている。

「だいじょうぶだ、ぜんぜん沈まないぞ」

ヒョー兄弟の声が海のうえから届く。

へー、そうかい、とヒョーはうわの空な返事をし、波にゆられるカラフルな海の表面を見つめた。想像もつかないほどの巨大ないきものが呼吸でもしているみたいに見えた。

「なあ、こんなの歩けるわけないよな。考えてみたら、そっちは幽霊だもんな。ひょっとしたら雲のうえでも歩けるかもな。だけどこっちはタングステン製のアザラシだ。いくらプラスチックがびっしり敷きつめられてたって、転んで尾鰭を踏みはずしたらおしまいだ。二度と生きて浮かびあがってこれないに決まってる」

もし溺れて死んだら、自分も幽霊になって、ヒョー兄弟のように海のうえを歩けるようになるのだろうかと首をかしげる。だが、あえて試してみようという気にはなれなかった。

「生まれた場所へ帰りたくないのか。むこうの海ではきっと、すいすい泳ぐ魚を捕って食べられるぞ?」

ヒョー兄弟としては勇気づけるつもりでいったのだが、ヒョーの脳裡にまざまざと浮かんできたのは、邸宅〈生命線プラザ〉のプールで溺れたときのことだった。青い鱗《うろこ》をきらめかせて泳ぎまわる魚を夢中で追いかけ、うっかり大量の水を肺に吸いこんだ、あのときの記憶だ。

胸のなかで巨大な光が音もなく炸裂《さくれつ》する感触をおもいだし、ヒョーはすっかり怖《お》じ気《け》づいた。尾鰭の先までがくがくふるえ、立っていることさえままならなかった。とりつくろうように返事をしたが、なにをいったのか自分でもわからなかった。とてもじゃないが、海に浮かぶプラスチックにひれをふみだす気持ちには、どうしたってなれなかった。

先にいってるぞとチーターのヒョー兄弟がいったような気がしたが定かではない。海の向こうへ歩いていくヒョー兄弟のしっぽが魔法みたいにゆらゆらゆれていた。あたまの奥がぼんやりとなる。ヒョーはチーターの後ろ姿が遠ざかっていくのを、じっと見つめることしかできなかった。ゆらめくしっぽが夜の暗がりの奥へと消えていくとき、

「おいてかないでくれよ?」

と、ヒョーは声をかすれさせた。その声はあまりに小さく、打ちよせるプラスチックの波音にかき消され、だれの耳にも届くことはなかった。

9

アザラシのヒョーは灯台のあかりからのがれようとするかのように、巨大な人間の手の形をした流木の下に身をひそめていた。身うごきせずに横たわり、チーターの消えた方角にじっと目をこらしていた。灯台の光を浴びるたび、海はいろとりどりのプラスチックでできたモザイク模様をなめらかにひるがえしていた。

ふいに浜辺のむこうから酔っ払った人間の声がきこえてきた。

「おい、見ろよ。旧約聖書に出てくる巨人の手じゃないか。きっと左手だな。いや、右手か?」

ま、どっちでもいいよなと投げやりにわらう声。ヒョーはその声に、なぜだかなつかしさのようなものをおぼえた。ふりかえるとふたりの人間がふらふらとこちらへやってくるのが見えた。ふたりが足をふみだすたびに、砂浜にちりばめられた星形の生物が青い光をにじませ、あしあとを浮きあがらせる。人間の男と女のようだ。男には見覚えがあった。ひょろりとしたからだをもてあますようにゆらめかせているのは、〈座座座テレパス〉にちがいなかった。

まえに会ったのはいつだったろうか。最後になにがあったのか、ヒョーはよくおもいだせない。視界の外に消えるように頼まれたような記憶がある。それならどうしたものだろうと決めかねているうちに、ふたりの影はみるみる近づき、巨人の手の下に寝そべるアザラシをみつけて目をまるくした。

「ヒョーかよ、探したんだぞ！」

〈テレパス〉が素《す》っ頓狂《とんきょう》な声をあげた。手に壜《びん》ビールをぶらさげ、くたびれた顔の若い女を連れていた。ヒョーはその女を見て、モンサントのパネルがうごいているのかと錯覚した。緑とオレンジ色のモンサントカラーのスウェットで、やけに大きなスマートフォンをにぎりしめ、退屈そうな目をヒョーに向けていた。たしかにこちらを見てはいるのだが、まるでヒョーの姿が見えていないかのようなまなざしだった。

あのパネルをいたく気に入った〈テレパス〉が、どこかの店先から盗んできたのかとヒョーはおもった。だが女は自分の足で二足歩行をしていたし、パネルのようにぺったんことというわけでもない。パネルそっくりの身なりをしたほんものの人間だった。陰影のない青白い顔で目をふてぶてしくしばたたかせている。微動だにしない頰。気だるい調子で足をふみだすたびに、だぶついた服の裾《すそ》から銀や金の色をした硬貨がしゃらしゃら鳴って地面に落ちる。女も〈テレパス〉も落ちた硬貨を拾おうとはしない。点々とつづく硬貨をたどれば、どこから来たのかわかりそうなほどだった。

〈テレパス〉の興奮気味の口調にヒョーはとまどった。探してどうするつもりだったのか。怒っているのか、ごきげんなのかわからない。とてつもない憤怒《ふんぬ》で気が狂い、けたけたわらいながらなぶり殺しにされないともかぎらないような気がして、ヒョーはひそかに身がまえた。

〈座座座テレパス〉は陽気にわらいながら、ヒョーのまえにかがみこんだ。

「おまえはとんだ疫病神《やくびょうがみ》だな、まったく。〈ゴザ夫人〉のビルは跡形もないし、〈超ヒット日本〉もまる焼けだ」

なにがそんなにうれしいのか〈テレパス〉はさも愉快そうに肩をゆらして壜ビールをあおった。化学薬品のようなにおいがヒョーの鼻をつく。

「店にいったのかい？」

それとなく探るような調子でヒョーはたずねた。

「三葉虫が食いたくなってな。ずいぶん派手に爆破したもんだな」

とわらう〈テレパス〉。どういうわけか、ヒョーが店を爆破したものと確信しているらしかった。〈ラーゲル店長〉が死んだことを知っているのかどうかたしかめようとおもったが、面と向かってたずねるのはどうも気が引けた。〈テレパス〉が〈未来ゴザ夫人〉の死を口にしないことから、話題にしてはいけないことのような気がした。

それからすぐにヒョーはおもいあたった。なんだ、みんな死ぬんじゃないか。自分とかかわったことで〈ラーゲル店長〉は死に、〈未来ゴザ夫人〉も死んだ。もしかするとシベリアーリョ・ヘヘノヴィチ・チェレンコフとその同志たちが死んだのも、自分とかかわったことが原因だったのではないだろうか。そしたら〈ボス〉もまた、自分が殺したようなものだったんだな。そのことに気づくと、ヒョーは胸もとを太いナイフでえぐりとられたような心地がした。

「おまえには手を焼かせられたよ」

ふいにまじめな顔でこちらをのぞきこむ〈テレパス〉に、やはり復讐《ふくしゅう》をしにきたのかとはっとし、目をふせるヒョー。

「わるかったよ」

「だけど、あの壁画はたいしたもんだな」

「なんだって？」

意外なことをいわれ、ヒョーは顔をあげた。

「赤い海の絵さ。〈生命線プラザ〉の壁に描いただろ」

「描いたな」

「あれでもうけさせてもらった。いい値段で売れたんだ。〈ゴザ夫人〉の資金なんか、どうでもよくなるくらいの高値だったぞ」

「売った？」

「おれの目の付け所がよかったんだな。ブルジョアの税金逃れにちょうどいいらしい。現代アートの高額な取引も、そろそろ国税局に目をつけられはじめたからな。これからはアザラシアートの時代さ」

〈座座座テレパス〉は、うれしくてたまらないといった調子でヒョーの腹をぽんぽんとたたいた。ヒョーは〈テレパス〉の手をしずかに払いのける。

「壁画は〈プラザ〉にあるんだろ？」

「いや、運ばれてった。庭の隅にでも置くんじゃないか」

興味もなさそうに〈テレパス〉は海に目をくれる。あれは〈ボス〉の血で描いた絵なんだけどなとヒョーが口ごもると、いっしょに来いよと〈テレパス〉はいった。これからクルーザーで海へ遊びにいくのだという。クルーザーなんてもってたのかときくと、壁画を売った金で、黒鳥形のクルーザーを購入したのだと〈テレパス〉はこたえた。

「それってもしかして〈ボス〉のクルーザーじゃないのか？」

「政府からの払い下げさ。なかなかお買い得だったな」

「いや、それ〈ボス〉のだよ。政府がぜんぶまきあげたんだ」

というか、〈ボス〉はあのクルーザーを自分にくれたのだ。かってに売りに出すなんて無法者もいいとこだとヒョーは声を荒らげた。

「チェレンコフは死んだんだ。しかたないだろ」

「死んだんじゃなくて殺したんだ。殺して財産をうばうなんて強盗といっしょじゃないか」

「済んだことはしかたないさ。前向きに考えようじゃないか」

「わけのわかんないポジティブ思考だな」

ヒョーは口もとをゆがめた。夜の海は貸し切りだぞと〈テレパス〉にいわれ、ヒョーはプラスチックの漂う海に目をやり、またぼんやりとした顔つきになる。

うっというううめき声にふりかえれば、波打ちぎわで連れの女が脳みそみたいな白い塊を蹴《け》りあげていた。脳みそはゴムまりみたいに跳ねあがり、粘着質の音をたてて砂浜に落ちた。脳のうめき声なのか女のうめき声なのか、ヒョーにはわからなかった。

砂にひしめく発光生物が、落下した脳の振動をうけ、ひときわ青く光を弾《はじ》けさせた。あちらこちらに転がる脳みそをつぎからつぎへと蹴る女。楽しくてやっているのか、目障《めざわ》りでいらいらしているのか、表情からは読みとれない。

「あれはなにをしてるんだ?」

ヒョーはたずねた。〈テレパス〉も肩をすくめるばかりだったが、さして気にするようすもなく、

「かのじょを売り出すことにした。新しいレコード会社からな。やっぱアザラシじゃだめだったんだよ。いまの時代、若い女じゃないと人目をひかない。無名のアザラシより、無名の若い女のほうが断然うけがいいんだ。気をわるくしないでくれよ」

メスのアザラシでもだめかいとヒョーはいいたくなったがやめた。よくよく考えてみれば、なにも歌を歌って金を稼ぎたかったわけでもない。ただ歌うのが好きだっただけだ。歌はただ歌うだけでいいはずなのだ。ふいにそうおもいあたった。ヒョーは海に視線をもどしてつぶやいた。

「なんだか、ずっと沖合のほうへいってみたくなってきたな」

クルーザーで海へ出れば、チーターのヒョー兄弟に追いつくのではないかとヒョーはおもった。もしかするとヒョー兄弟は歩き疲れて、海のうえで立ち往生しているか

もしれない。そしたらクルーザーに乗せてやり、そのままいっしょに海を渡れるんじゃないだろうか。

夜の海が色とりどりの波をアザラシのひれのようにゆらめかせていた。海は死んでいるみたいに静かで、プラスチックの波を切り裂くクルーザーの爆音だけが夜の底に響いていた。はじける飛沫《しぶき》。フライブリッジで風をうけながら舵《かじ》を取る〈座座座テレパス〉。アザラシのヒョーはとなりの席で水平線に目をこらしていたが、チーターの姿はいっこうに見えてこない。浜辺からだいぶ離れたせいだろうか、腐った卵のようなにおいがしていないことにヒョーは気づいた。

〈テレパス〉はクルーザーをぐんぐんとばした。あまりの風圧にヒョーのひげはぴったりと寝そべっていた。こんなスピードで水を切る黒鳥は不自然だとヒョーはおもった。ほんものの黒鳥なら、とっくに空へ飛びたっていなければおかしい速度だ。だが黒鳥は弾丸のように海をすべるばかりで、まるで飛びたつ気配がない。頭上でなめらかなカーブを描く黒鳥の首がひどくたわんでいるように見え、いまにももげ折れてしまうのではないかと心配になった。

女はうしろのシートで乱雑になびかせた髪をなおすこともなく、食い入るようにスマートフォンを見つめていた。ヒョーはなにげなく画面をのぞいてみたが、たえまないバックグラウンドミュージックとひっきりなしのサウンドエフェクトの渦のなか、大根役者の田舎芝居、しらじらしい口調の人間たちが不自然なうごきをしているばかりで、〈ラーゲル店長〉が見ていたテレビとなにも変わらないように見えた。ときおり女がふっと吹き出すようにわらうと、口のはしから硬貨がこぼれ、デッキでちゃりんと音をたてる。ヒョーもまた、その硬貨を拾おうという気にはなれなかった。

〈座座座テレパス〉が舵を握ったまま、横目でヒョーを見た。

「これからどんどん壁画を量産してくれ。わりのいいビジネスになるぞ。世界の大富豪の脱税や、悪党たちのマネーロンダリングにうってつけだからな」

それで探してたってわけかとヒョーはため息をもらす。〈テレパス〉は、歌手にならないかと〈超ヒット日本〉でいったときとおなじ顔をしていた。

「べつに金のために描いたわけじゃない」

「もちろんわかってるさ。だけどアザラシ画伯として世間で大評判になるんだからいいじゃないか」

ほんと、芸術家先生ってのは気難しいねえと〈テレパス〉はにやりとした。

「評判になんかなりたかないね」

　ヒョーはきすてるようにいった。水平線と空の境目がちらちら光を帯びている。〈テレパス〉はぎらつく笑みを炸裂させ、ヒョーの顔を横からのぞきこむようにした。

「おい、なんだヒョー。いっちょまえにむくれてんのか？」

　ヒョーは鼻を鳴らして、さっと顔をそむけた。すると〈テレパス〉はいかにもおかしいといった調子で声に出してわらい、壜ビールをひっつかんだ。

「いいか、ヒョー。これから絵が売れれば売れるほど、おまえの取り分は大きくなる。おまえは好きなように絵を描けるんだ。好きなことをして、いい暮らしができるんだから、わるい話じゃないだろ？」

「きっとあんたの取り分のほうがでかいんだろうな」

「そりゃもちろん、おれがあたりをつけて売らなきゃ金にならないからな」

「なあ、なんでそんなに金がほしいんだ？」

　ヒョーがたずねると、〈テレパス〉は後部座席にいちべつをくれた。

「かのじょを売り込む資金にするのさ。宣伝ってのがなにより重要だからな」

　どんなごみでも宝石に見せることができる、ばかな連中に欲しくもないものをほしがらせるのさ、対価を払ってその欲望が満たされるよう仕向けるんだと声をひそめた。

「それでまた金もうけするのか」

「だれも損しないだろ」

「なんでそんなに金がほしいんだ？」

ヒョーはおなじ質問をしたが、黒鳥が風を切る音にかき消されたらしい。〈テレパス〉はビールをあおりながら、足もとの箱を視線でさししめす。

「おまえも飲めよ」

緑とオレンジ色の箱につまったモンサント。そんな酒は飲まないはずだろとおもったが、あえてたずねる気にもなれなかった。

「金ならいくらでもわいてくるみたいだけどな？」

ヒョーはうしろでスマートフォンをいじっている女に視線をむけた。どういうからだの仕組みになっているのかわからないが、女がわらったり咳《せ》きこんだりするたびに、口からぽろぽろ硬貨がはきだされる。頬にためこんでいるわけでもあるまいに、際限なく出てくるのだ。

「よく見ろよ」

と〈テレパス〉は床に手をのばし、落ちた硬貨をひろってよこした。銀色の硬貨はおもいのほか、すかすかで軽くかんじられた。ひれにのった硬貨に目を落とすヒョー。

そこには人間の肖像が刻まれていた。ヒョーはおどろき髭《ひげ》をふるわせる。それは、かつて見慣れたシベリアーリョ・ヘヘヘノヴィチ・チェレンコフの横顔だった。

「なんだこれ。どうなってんだ？」

ヒョーは調子はずれな声をもらし、目をまるくする。

「わかんねえよ」

と投げやりな口調で返す〈テレパス〉。ううん、ちょっと待ってくれよとヒョーはまるいからだをまわして後部座席の女を見た。予測不能のタイミングで吹き出し、口から硬貨をちゃらつかせる女。画面に夢中で顔をあげない。

顔を見たところでわかるはずもなかった。だがこの若い女は、いつだったか〈ボス〉のシベリアーリョ・ヘヘヘノヴィチ・チェレンコフが見のがしてやった赤ん坊なのではないかとヒョーはおもった。レジスターにあたまをつっこみ、札と硬貨にまみれて窒息し、死んだあとで分娩《ぶんべん》したという、あの女のこどもなのではないか。

そのこどもは足の指が十六本あるのだという。〈ボス〉はおそろしさのあまり、祈りを捧《ささ》げた。その、見も知らぬ赤ん坊に。赤ん坊はシベリアーリョ・ヘヘヘノヴィチ・チェレンコフの呪《のろ》われた祝福をうけ、母親を殺した人間の肖像が刻まれた硬貨をのべつ幕なしに吐き出すようになったのだった。

ヒョーはみょうな動悸《どうき》をおぼえながら、女の足もとに視線を落とした。女の足は二本だが、その指が十六本かどうかはわからなかった。いやにカラフルでごつごつとしたスニーカーをはいているため、数えることができなかった。

クルーザーから海にばらまかれるチェレンコフ印の硬貨。まるで使い物にならないよなという〈座座座テレパス〉に、なんといったらいいかわからず、ヒョーはあいまいな返事をした。女はどれだけ自分の過去を知っているのだろう。〈テレパス〉はこの硬貨の意味するところに気づいているのだろうか。あれこれ考えをめぐらせていると、〈テレパス〉がきゅうに真剣な声になり、

「次は青にしてくれないか」

といった。

「ん、なにがだ?」

いっしゅん、ヒョーは自分がいまどこにいるのかわからなくなり、あたふたとあたりを見まわした。絵の話に決まってるだろと〈テレパス〉は怪訝な顔を向ける。

「海は青だろ。それが常識ってもんだ。ほかの色じゃみんなにうけないんだよ。赤いのが売れたのは運がよかったのさ。まぐれだよ。だがそれじゃ、安定した商売にはならない。海は青。わかったな?」

頼んだぞと舵をまわして〈テレパス〉は波を高くはねあげた。海にたゆたうカップやコップ、おもちゃのヨットが宙に浮く。ヒョーはおちつきを取りもどし、〈テレパス〉の顔と夜の海を見くらべる。海は青ではない。こいつは現実が見えていないのかと、ヒョーはなんだかひどく居心地のわるい気分になった。

やたらとでかい羽虫が〈テレパス〉の肩にとまって首を刺した。ライトに照らされ浮かびあがったその虫は、紫色の見たこともない色をしていた。高速で風を切るクルーザーにふり落とされるように身をひるがえし、虫はどこかへ飛ばされていった。刺されたテレパスは小さなうめき声をもらし、首をかいた。だがすぐになにごともなかったかのように、足もとの箱につまった壜ビールをあたらしくあける。

あまいにおいが、かすかに鼻先をかすめたのをヒョーはかんじた。はっと首をのばし、四方の海を見まわした。どこからか花のにおいが漂ってきているらしかった。こんなにまで脳が陶然となるにおいは、これまで嗅《か》いだことがなかった。海の底から漂ってきているのだろうかとおもった。

「速度を落としてくれ」

と、ヒョーはいったが〈テレパス〉は聞く耳をもたなかった。酒をあおって、むやみにクルーザーをとばすばかり。においはあっというまにかき消え、ほんとうににおいがしたのか、それとも気のせいだったのかも確信がもてなくなってしまった。

鼻をひくつかせるのをやめ、ヒョーは海をながめる。絵の具がいったい何色あったら足りるだろうか。この海を描くには、世界中の色をあつめてもまだ足りなそうだ。なにしろ人間たちが作ったまがまがしい色彩のすべてが漂っているのだから。だが実際には人間たちが色を作ったのではない。ここにあるすべての色は、石、草、花、毒、虫、骨、糞といった自然から掠《かす》め取ったものだ。そうしたすべての色がゴミに変身して浮かんでいるんだ。

「お、インスピレーションでもわいたか？」

と横目でにやつく〈テレパス〉に、ヒョーはいった。

「海を渡るのにどれくらいかかるんだ？」

「ん、島に渡るのか？」

「大陸だよ」

ヒョーの返事に〈テレパス〉はぶっと鼻を鳴らしてわらった。

「冗談だろ。この船じゃ無理だ」

「それじゃ出直さなきゃいけないじゃないか」

「おまえ、どこにいく気してたんだよ？」

めんどうそうに〈テレパス〉は顔をしかめた。そのとき、なにかの声がヒョーの耳をかすめた。夜の空気をゆったりと振動させるような低い声だった。だがなんといったのか、よくききとれなかった。ヒョーは小首をかしげ、聞き耳を立てる。

「大陸までどれくらいかかるとおもってるんだよ。食糧も燃料も足りるわけないだろ。太平洋で飢え死にだ。だいたい許可なく渡航しようとしただけで撃沈されるってのに。箱入り娘のオスってのは、ほんと常識ってもんを知らないんだな」

〈テレパス〉がまくしたてる。ヒョーはひれをあげ、話をさえぎろうとした。なにかの声はあまりに低くてきこえない。それともクルーザーのエンジン音をききまちがえたのだろうか。うしろの女がなにかをいったようでもない。

視線をまえにもどし、ヒョーははっと息をのんだ。トラックほどの大きさもあるオウムガイが、きらきらゆらめくプラスチックの波を引き裂き、顔を出していたのだ。海のうえに何本もの触手をつきだしゆらめかせる巨大オウムガイ。その底知れぬ排水孔のような目に、ヒョーは自分のなかのなにかが吸いこまれていくような感覚をおぼえた。大きな殻から黄色いアヒルのおもちゃが水面に転げ落ちる。

「おい、ぶつかるぞ！」

ヒョーはさけんだ。〈テレパス〉は壜を投げすて、表情を引きしめた。舵を握った手に緊張が走る。

「腕の見せ所だな」

独りごちるように〈テレパス〉はつぶやいた。クルーザーはみるみるうちにオウムガイに接近し、大きな影が目の前にせまる。〈テレパス〉はクルーザーの速度を落とさなかった。

「殺さないでくれ……」

オウムガイの声がヒョーの耳に届いた。

「こどもたちを殺さないでくれ……」

もういちどきこえた。にわかに、ばっと胸が冷たくなるのをヒョーはかんじた。ヒョーは目を見ひらき、〈テレパス〉の顔を見た。オウムガイの言葉は〈テレパス〉にきこえていないらしい。

「とまるんだ」

ヒョーはいったが、

「死ね、ばけもの！」

と〈テレパス〉は黒鳥形のクルーザーでオウムガイにたいあたりをした。衝撃とともにシートがのけぞり、ヒョーはうしろへ投げとばされた。空がさかさになり、クルーザーごとひっくり返るんじゃないかと目をほそめた。ブランコのように重力が反転。波しぶきをはねあげ、ブリッジは水平をとりもどした。エンジンを停止させ、快哉《かいさい》をさけぶ〈テレパス〉。

ヒョーはひれをばたつかせ、座席にはいあがった。巨大オウムガイは、ぽんちょというふざけたような鳴き声をのこして息絶え、モザイク模様に彩《いろど》られた海にゆっくりと身を沈めていこうとしていた。触手はだらりとたれさがり、もうなにかの言葉を口にすることはなかった。

ずるずると巨体が海に飲みこまれていく。アザラシのヒョーは、じっとその姿を見つめた。どこからか、めりめりめりという音がきこえてきそうなほどの鈍重なめまいに襲われ、視界が白くまたたいた。動悸のやまない胸の奥で、テニスボールほどのブラックホールが渦を巻いているようなかんじがしてしかたなかった。

「モンサントをくれ」

とつぶやき、返事を待たずにヒョーは箱から壜をつかんだ。栓をあけ、いっきにのどに流しこむ。すぐに化学薬品じみたにおいに堪《たま》らなくなり、手すりの外へはきだした。歯を磨きたくなった。だがそれでもヒョーは目をつぶり、むりやり壜の底まで飲み干した。

「みごとな舵取りだったろ?」

声を弾ませ〈テレパス〉がヒョーの背中をたたく。どんよりとした気持ちでふりかえれば、〈テレパス〉は女とともにスマートフォンをのぞきこみ、こどものように表情をきらきらかがやかせていた。どこにそんな余裕があったのか、女はオウムガイの死にゆく姿を録画していたらしい。ふたりはぽんちょぽんちょとくりかえされる動画に見入り、無邪気なわらいごえをあげる。そうして、こいつはプロモーションビデオに使えそうだぞと鼻息を荒くし、祝杯でもあげるかのように箱の壜をあけた。あけながらも視線は釘付《くぎづ》け。一瞬たりとも画面から目がそらされることはなかった。

粗雑なスピーカーから流れるぽんちょ、ぽんちょという鳴き声をきき、ヒョーは眉間《みけん》にあてた家畜銃のボルトで、頭蓋骨《ずがいこつ》を貫き砕かれるような痛みをかんじた。意識がばらばらになるような、とほうもない痛みだった。〈テレパス〉たちのわらいごえが、数千本の錐《きり》となってこめかみに突き立てられる。見えない血が、どっと耳から噴き出した。ヒョーはたまらず吠《ほ》え声をあげた。

足もとの箱を尾鰭《おびれ》で蹴りとばし、壜が音をたててわれた。おい、無駄にするなよばかと背後で立ちあがる〈テレパス〉に向きなおり、おもいきりひれを叩《たた》きこんだ。〈テレパス〉は頬にアザラシのひれを食らい、ブリッジから投げとばされる。手すりを軸にひっくり返る〈テレパス〉が、女のスマートフォンを蹴りあげてしまう。ヒョーは宙に浮いたスマートフォンを、すかさず海に叩き落とした。女が霊長類じみた声をあげてヒョーに殴りかかってくる。口からじゃらじゃらあふれる硬貨。ヒョーは尾鰭でわれたビール壜を蹴りあげキャッチ。そのまま女の顔に突き刺した。血を吹き出したまま、女はよろめき海に落下した。船のうえには一頭のアザラシだけが残った。まるでシベリアーリョ・ヘヘヘノヴィチ・チェレンコフの銃さばきのように鮮やかな、ひれさばきだった。口よりさきにひれが出たのではない。ひれしか出てこなかった。そもそもいいたいことがわからなかった。なにかをいってやりたいのかどうかもわからなかった。いいたいことがあるとしても、それが言葉でいえることなのかもわからなかった。

やがてヒョーはしずかな顔になり、おちつきをとりもどす。黒鳥形のクルーザーから、きらきらゆれる海の表面を見おろした。ざわざわゆれる波の音。〈テレパス〉の姿も、女の姿も見あたらなかった。ヒョーは運転席に腰かけ、海を彩るポリエチレンをぼんやりと見つめた。

しばらくしてから考えた。なあに、ふたりとも死にはしない。なにしろからだにたんまりとプラスチックを溜《た》めこんでいるのだから。ぷかぷか浮いて漂って、ヒョー、助けてくれよと顔を出すに決まってるのだ。そしたらわらっていってやろう。

「助けたいのはやまやまだが、こっちはタングステン製のアザラシだ。海になんて飛びこんだら、そのままぶくぶく沈んでしまう。わるいが自力であがってくれよ」

と。浮き輪ぐらい投げてやってもいいなとブリッジを見まわした。でも、ぷかぷか浮くのに浮き輪なんていらないよなとおもいなおす。ならタオルでも用意しとくかと、ヒョーは肩をすくめた。あたりには波の音だけが響いていた。まっ赤な月の下、遠くに見える灯台が、霧に埋もれたガス燈《とう》のように鈍い光を十五秒ごとに回転させ、しずかに夜をかきまぜていた。

ふたりはいっこうに浮かんでこなかった。ヒョーは不安にかられ、視線がぐらぐらとゆれうごいた。

そうだ。みんなとおなじように〈テレパス〉が死んでもおかしくはないんだ。これまで自分とかかわってきた連中は、みんなみんな死んでしまったじゃないか。名も知らぬ連れの女だって同様だ。みんなこのひれで殺したようなもの。ことによると海に沈んでいった巨大オウムガイだって、自分がこれまでに殺したおおぜいのオウムガイが、ひとかたまりになって姿をあらわした幽霊だったのかもしれない。とするとやはり、テレパスは死ぬのか。あの女もまた。

「なんてこった……」

ヒョーはどうしていいかわからなかった。いまに〈テレパス〉たちが顔を出すにちがいないんだと首をのばして水面をのぞきこむ。そわそわとあたりを見まわす。手持ちぶさたなようすで床に落ちた硬貨をひろう。硬貨に刻まれたシベリアーリョ・ヘヘヘノヴィチ・チェレンコフの肖像。

どうやらほんとにみんな死ぬらしい。みんなみんな死んでしまうらしい。いったい自分はどれだけの命をうばって生きてきたのか。いやなやつもいたが、それほどでもないやつもいた。いいやつだっていたし、大好きなやつもいた。それを残らずみんな殺してしまった。自分だけが生き残ってしまった。しかもその自分ときたら、なにひとつ生み出すことのない役立たずのアザラシときた。ヒョーはひどく気がめいった。

すこしはなれた場所にチーターの水死体が浮いているのをみつけた。ビニール製の模型ではない。やせたチーターの剝製《はくせい》だ。剝製は波にまかせて漂うばかりで微動だにしない。まるで巨大なプランクトンのようだった。おそらくプラスチックをふみはずして溺《おぼ》れたのだろう。ヒョーはぼうぜんとした顔つきで剝製を見つめていた。

すぐにはっとなり、剝製を助けなければとおもった。だが、エンジンのかけかたがわからない。運転席のレバーやスイッチをたたいてみたが、どこをどうすればいいのか見当もつかない。シベリアーリョ・ヘヘヘノヴィチ・チェレンコフからもらった〈超高機能電気ゴルフカート〉みたいにナビゲーション音声でうごかないかと、声をかけてみた。

「面舵《おもかじ》いっぱい」

だが右と左、どっちが面舵でどっちが取舵《とりかじ》かすらヒョーはわからなかった。声はちからなく海に吸いこまれていった。なあ、頼むよと、ひれをのばして黒鳥の首をなでてみる。黒鳥はよどんだ夜空につるつるとした首を屹立《きつりつ》させるばかりで、うんともすんともいってくれなかった。それならこの黒鳥も異様に巨大なプランクトンみたいなものだ。移動手段は波まかせ。自分じゃどこへもいけないのだ。その黒鳥にのる自分もおなじこと。泳げもしないアザラシなんて、どうしようもないものなんだなとヒョーは重いため息をついた。

ヒョーは床にころがるモンサントをあけた。うまいともまずいともかんじなかった。それから、われたビール壜をむしゃむしゃ食べた。砕けたガラスがぶつかりあい、こめかみの裏側あたりでちりちり鳴っているのがきこえた。ちゃらちゃらとした硬貨も飲みこんだ。からだのなかでごぼごぼ音がする。つまった排水管みたいな音だった。その音を流しこもうとおもい、またモンサントを飲んだ。

ごぼごぼとした音が大きくなった。音はあまりに大きく、のどで鳴っているのか、胸で鳴っているのかはっきりとしない。腹で鳴っているのかもしれなかったし、脳のなかで鳴っているのかもしれなかった。ぽんっとからだのなかで弾けるような音がした。

まったく生ぬるい陸風がだらりと吹いていた。だらりとたれさがった猫のはらわたみたいな風だ。ぽんっとまたからだのなかで音がする。胃袋と胸のあたりに違和感をかんじた。やはりこの飲み物はからだにわるいらしいとヒョーはおもった。ひれに目を落とすと、肌の一部が焼け爛《ただ》れたようにぐずぐずになっているのに気づいた。それからすぐに、そうだ、自分は被曝《ひばく》したのだとおもった。〈モール・デル・ソル〉の坑道をくぐりぬけてきたのだから。いまでも漂うチェルノブイリの雲。内部被曝。貫通するガンマ線。破壊された分子。赤く染まった森。双頭の牛。骨が腐り。あふれた死《し》骸《がい》。奇形の家畜。埋没。地中。吸い上げる植物。不格好なアカマツ。野菜。黒い茎。泥の流れ。食物連鎖。四二六。三一一。一三七。九〇。二重螺《ら》旋《せん》の染色体。フリーラジカル。欠落の修復エラー。シンメトリーの崩れた鳥。ミューテーションズ。アルビノ。セシウム肉とストロンチウム骨。からだが汚染されていないはずがなかった。胸のあたりがにわかにばっとなった。ヒョーは首をかたむける。なぜだか一瞬にしてクルーザーがぐんと縮まったようなかんじがした。やたらとせまく、窮屈だ。だがそうではない。ヒョーのからだが膨れているのだった。

ぽんっと鳴って、からだが膨らんだ。どういうことかと首をかしげていたら、ごぼごぼごぼという濁流めいた音の合間を縫うように、ぽぽぽぽんと弾ける音が響いた。そのたびごとにからだが膨らんだ。からだが膨れるにつれ、左右のひれとひれとが離れていき、ひれがだんだんと小ぶりになっていくようなかんじがした。膨らんだからだでばたつくひれは、もうしわけ程度に貼《は》りつく布きれのようだった。壜を取り落とし、もはや拾うこともできない。

いすに座っていられなくなりバランスを崩す。このまま床にころがるのかとおもったが、まるでスペースが足りなかった。ぽんぽん弾けて膨らんだからだは、運転席からはみ出、後部座席を超え、フライブリッジからはみ出、おおきなおおきな風船玉のようにまるくなる。

もともと寸胴《ずんどう》だったからだは、すっかりまんまる毬《まり》のよう。どうしたものかとヒョーはひれをゆらすが、ひれは巨大な風船の表面で小さくはためくばかりで、なにをすることもできない。口をぱくぱくさせてもどうにもならない。尾鰭も顔もめりこんで、からだ全体球体だ。もう自分で自分が制御できなくなっていた。陸にあがった深海魚が水圧をうしない膨れる話を〈ボス〉からきいたことがあった。海の異変で打ちあげられて、浜辺で破裂。爆竹みたいな音を鳴らして血と肉をまき散らすのだという。ひょっとして自分も破裂するのではないかとヒョーは不安になった。これだけ膨らめば、いつ破裂してもおかしくはない。その音は太平洋を航行する旅客船にまで届くにちがいなかった。

ヒョーのからだは膨らみつづけ、クルーザーは軋《きし》み声をあげる。なーうと黒鳥が悲痛な声をもらすと、軋んだ音はなめらかに周波数を上昇させていった。その音程がアザラシの可聴領域を超えようとしたそのとき、雷のような音とともに黒鳥の首がへし折れた。首はだらりとさかさまになり、海中に沈んでいった。船に積まれた超特大の地球儀のようになるヒョー。その膨張につれ、からだのまだら模様は、あたかも大陸や島々のように表面を移動していく。

自分はこのまま大きくなって第二の地球になるんじゃないだろうかとおもった。ということはどういうことだと、あたまがこんがらかる。とたん、宙に浮いた。からだがふわふわ浮きあがり、尾鰭が頼りなくブリッジを離れる。まずいぞと、あわててひれをばたつかせたが、かえって浮力がついたらしい。ブリッジはいっそう遠くなり、命綱をなくした宇宙飛行士のように、いくらもがいてもどうにもならなくなっていた。

眼下のクルーザーがぐんぐん離れて小さくなっていく。きらめく原色の海を見おろしながら、ヒョーは自分が大きなブタのバルーンにでもなったような心地がした。そうしているあいだも、からだはぽんぽん膨らみつづける。宇宙の膨張をうわまわる速度で膨張している。ぽぽんと弾け、膨張し、月夜の海に影を落とす。ヒョーの影に飲みこまれて見えなくなるクルーザー。ぽぽぽぽぽんと弾けて膨張し、膨張したヒョーの膨張が膨張に膨張を重ね、ぽぽんぽぽんと海をおおい、風にたゆたい膨張し、雲をかすめて膨張し、海岸線に到達し、海岸線を越え、〈モール・デル・ソル〉のサイロを折り、ほほえむ地球を打ち砕き、防風林をなぎたおし、町に到達し、大きな暗い影で町を浸食し、ストーンヘンジをなぎたおし、町をおおい、町を崩し、町を飲みこみ膨張し、森を飲み、煙でくすぶる山を飲み、山を越え、膨張し、地をおおい、膨張し、地からあふれ、膨張し、島々を飲みこみ、膨張し、湖沼《こしょう》にあふれ、膨張し、暗闇《くらやみ》にあふれ、膨張し、夜空にあふれ、膨張し、夜空をおおい、膨張し、夜を越え、月を飲み、火星を飲み、土星を飲みこみ、膨張し、土星の輪を飲み、膨張し、天王星も、冥王星《めいおうせい》も飲みこみ膨張し、太陽系にあふれ、かずかずの恒星を飲みこみ、宇宙にあふれ、膨張し、宇宙を飲み、宇宙を飲みこみ膨張し、無限にあふれ、膨張し、資本家も、貧乏人も、膨張までをも膨張し、ヒョーというアザラシですべての空間が埋めつくされ、無限を超え、あらゆる次元にあまねくあふれて膨張し、とどのつまり、時空はなべてアザラシになった。

どういうわけだか息苦しい。あたまの裏でころんころんと音が鳴った。胸の奥がぴりぴりぴりといっている。そうだ、酸素がないんだな。すっかりぜんぶ飲みこんだせいで、自分が吸う空気までなくなっちまったんだなとヒョーはおもいあたる。いったいどこまでまぬけなアザラシなんだとため息をついた。ため息があぶくとなって口からもれる。おかしなことにあぶくは下へと落ちていく。なんだこれは。アザラシが吐く息っていうのは重いのか。それとも地球を飲みこんだせいで、重力もどこかへ消えてなくなったのかと目をしばたたかせた。おや、網膜にごみが溜まっているらしい。あっちやこっちにこまかなごみが漂っているかのようだ。ながいのやまるいのやうずをまいたのが。もしかすると宇宙っていうのは、そこいらじゅうがごみだらけなのかもしれないな。いや、宇宙もすっかり飲みこんだんだったな。

ヒョーは息が苦しく、あわを吐く。胸が痛くて張り裂けそうだ。まるで砕けたガラスを深呼吸で吸いこんだみたいな感触だった。あたまの裏側で恒星間爆発のようなまばゆい光がまきおこる。これはそう。ちょうど〈生命線プラザ〉のプールで溺れたときとおんなじかんじ。吐いたあぶくがごぼごぼ音をたてて落下していく。なるほどこれは落下じゃない。宙に浮かんでいるんじゃない。海にさかさに沈んでるんだ。漂うごみはプランクトン。ぽんぽん弾ける肺胞と、ごぼごぼあふれて棚引くあぶく。ああ、そうだ。自分は溺れて死ぬんだな。タングステン製の金槌《かなづち》みたいに海に沈んで死ぬんだな。いきつくはてはこんなとこ。もうすっかり疲れちまったもんな。どこにもいくあてないもんな。これでいい。これでゆっくり休めるぞ。死んだらきっと、あらゆることがおしまいだ。終わりってのはいいもんだ。もうなんにも煩《わずら》わされなくてすむんだから。よかったな。死ねば疲れも癒《い》えるだろう。

バイオリンの形をしたプランクトンがヒョーの鼻先をかすめていく。ヒョーはゆっくりと目をしばたたかせ、からだのちからをぬいた。海のゆらぎに身をまかせ、プランクトンの仲間にでもなったみたいに漂った。それからぼんやりとしたあたまでシベリアーリョ・ヘヘヘノヴィチ・チェレンコフがいっていた海底の町の話をおもいだす。死者たちが庭でブランコをこいだり、花を植えたりしているあの町を。そうだな。うまくすれば、このまま沈んで海の町へいけるかもしれない。アザラシのヒョーがぶくぶくとやすらかなため息をつくと、すっと意識が遠のいていった。

10

おどるおどる
ねこにふぃどる
うしがつきをじゃんぷ
みてたこいぬ
わらいころげ
さじとさらにげる
あうあうあう
あうあうあう
うまいぞじょうずだじょうできだ――
遠い昔にシベリアーリョ・ヘヘヘノヴィチ・チェレンコフたちといっしょに歌を歌ったことを夢に見ていたヒョーは、ゆっくりとその眠りのなかから目を覚ます。そうしてどこかわからない場所であおむけになっている自分に気づく。チェレンコフがやけに深刻そうな顔をして、うえからのぞきこんでいる。どうやら自分はプールで溺れたようだなとヒョーはおもう。だが前後の記憶があいまいだ。あるいはまだ夢のなかを漂っているのかもしれないとおもう。そしてこのままずっと夢のなかですごしつづけるのかもと。

視界がぼんやりとして、うまく焦点をむすばない。ヒョーは自分のからだに奇妙な浮遊感があるのをかんじる。ここはどこなのだろう。シベリアーリョ・ヘヘヘノヴィチ・チェレンコフに強烈な後光が射《さ》している。あかるくまばゆい黄土色。放射状の光がゆらゆら回転している。背後ではステンドグラスが網膜を突き破らんばかりにきらめいている。なんてまぶしく、なんてきれいなのだろう。

目の前の〈ボス〉は首が不自然にかたむき、腕もへんな形に折れ曲がっている。破れたタキシードのあちこちからあふれ出る血。これは死んだシベリアーリョ・ヘヘヘノヴィチ・チェレンコフだ。どうやら夢ではなさそうだとヒョーはおもう。これは〈ボス〉の幽霊だ。また会えるとはおもってなかった。もう二度と姿を見せてくれないんじゃないかとおもってた。というか〈ボス〉があらわれたのではない。自分が〈ボス〉のもとへいったんだ。つまりその〝天国〟というやつに。

アザラシのヒョーは目をしばたたかせる。むっくりおきあがるが、重力がわからず、おきたという実感がない。視界に広がるステンドグラスは、それそのものがやさしく呼吸しているかのようにゆらめき、たくさんの光を反射させている。ところどころに動物の角のようなものがつきでているのが不思議なアクセントになっている。〝天国〟というのはおもしろいもんだ。こんな景色は見たことがない。ヒョーはほっとため息をもらす。どうやら無事に死ねたらしい。にっとわらって〈ボス〉にいう。

「死んだんだろ？」

「なんだって？」

「溺れて死んだんだ。ついに〝天国〟へやって来たってわけさ」

ヒョーはシベリアーリョ・ヘヘヘノヴィチ・チェレンコフにからだを向け、うれしげにひれをはためかせて見せる。

「なにをいってる。死んでなんかないぞ」

「でも、ほら。からだがふわふわいってるだろ？」

「たんまり水を飲んだせいだな。じきによくなる」

ヒョーはあんぐり口をあけて顔を曇らせる。

「なんだよ、死んでないのか？」

「世話の焼けるアザラシだな。海で溺れてたんで、あわてて助けに出てきたんだぞ。死んだ人間の手を煩わせるもんじゃない」

「こんなのってないよ。不死身のアザラシかよ！」

もういやだと転げまわって、ヒョーはみずから地面にあたまを打ちつける。何度も何度も打ちつけるので、シベリアーリョ・ヘヘヘノヴィチ・チェレンコフがヒョーのあたまを抱えこみ、なだめるように押さえつけてやらなければならなかった。

「生きてて、こんなに悔しがるやつは初めて見たよ」

だらりと髭をたらしてすわりなおすヒョー。からだをふるわせ、背中についた砂を弾きとばした。ステンドグラスとおもったものは、なんの変哲もないプラスチックまみれの海だった。朝の光を吸いこんでつるつるに光り、この世のものとしかおもえない、のっぺりとした原色をまき散らしていた。あちらこちらにのぞく灰色の岩肌にプラスチックの波がからんころんとぶつかりはねあがる。

浜辺に打ちあげられたゴム手袋。鳥はいない。もうずっと昔にいなくなってしまった。ヒョーの背後に切り立った崖《がけ》がそびえていた。波のむこうで日を浴びて寝そべる白い山なみ。ふもとにはくたびれたようにたたずむ町の姿が見えた。水平線上にきらめく太陽は、きょうもまた暑くなりそうな気配をみなぎらせていた。

「対岸に流されたのか？」

「灯台さ」

と、崖を見あげるチェレンコフ。夜になると町を十五秒おきに照らす、あの灯台の島に漂着したのだ。常駐している灯台守はいない。いつも無人でうごいており、四週間にいっぺん人が来るのだという。ヒョーはチェレンコフの話を興味なさげにききながし、

「レコードをかけないと出てこないのかとおもったよ」

といった。

「なにがだ？」

「〈ボス〉がだよ。三人の男が写ってるお気に入りのレコードがあったろ」

「なるほどそいつは安っぽい仕掛けだな。世界がそんなに単純なもんか」

チェレンコフが肩をすくめて見せると左腕がはずれた。その腕はひじから先がなかった。悪態をつき、めんどうそうに肩にはめなおす。〈ボス〉の脇腹《わきばら》からは腸《はらわた》がずると垂れさがっており、朝の光にあおあおとかがやいていた。あごのあたりからは紫色の染《し》みが浮き出し、水に落とした墨汁のように顔に広がっている。耳は削《そ》ぎ落とされて平らになっていたし、片側の脚はひざから下が逆方向をむいていた。

「こんなにひどかったっけ？」

ヒョーはたずねながら、シベリアーリョ・ヘヘヘノヴィチ・チェレンコフのからだから、花のにおいがしていないことに気づいた。かわりに生臭さと防腐剤のいりまじったにおいが鼻をついた。

チェレンコフはうつろな顔でため息をもらす。

「検屍《けんし》とかいってな、おれをずたずたに切り刻むんだ。死んだのに無理矢理たたきおこされてるような気分だよ。いつまでたってもおちつかん。なにかめぼしいものが出てくるまでほじくり返すつもりらしい。悪の根源みたいな劇的ななにかが、どこかに隠れてるとでもおもってるのかもしれんな。まるでおもちゃさ。引っぱりだした内臓を曲芸師みたいにお手玉したりしてな。おれがなにをいってもきこえてないみたいだ。こんなのひどいじゃないか」

ヒョーはなんといってやればいいのか言葉がみつからなかった。チェレンコフがかぶりをふると、胸から黒い血がどっとにじみでた。それから鼻を鳴らしていきどおり、

「あいつら、霊安室のごみ箱におれのはらわたを棄《す》てやがった。なんの敬意もありゃしない。死んだって生きてるんだぞ。ほら、死体から新しい生命がぞろぞろ生まれてくる神話とかあるだろ。森の倒木や動物の死骸といっしょさ。茸《きのこ》や苔《こけ》、新芽なんかが

生えてくるんだ。おれの死体からだってなにか生まれたかもしれないってのに」

まあ、どうせろくでもないものしか出てこんだろうがなと独りごちるようにいい、こんなことになるなら、生きてるうちにもっとみんなにやさしくしてやればよかったようなだれる。ヒョーはチェレンコフの背中をひれでごしごしなでてやり、わかるよとつぶやいた。ずるずるずるずると鼻血をすするチェレンコフ。ゆっくりとした波がざわめくように打ちよせる。チェレンコフのすわる砂のうえには、すっかり黒い血の溜まりができていた。

ヒョーはうちあけるようにチェレンコフにいった。

「〈プラザ〉を出てから、いろいろひどいことをしたんだ。オウムガイを殺したし、三葉虫も殺した。なんだかわかんない海のいきものも殺した。それから人間の婆《ばあ》さんを殺した。あと、ものすごく高いビルも殺した。次の地球も殺した。〈超ヒット日本〉も殺したし、〈店長〉も殺した。〈テレパス〉っていう男と、名前も知らない女も殺した。黒鳥のクルーザーも殺したし、それにチーターだって殺したんだ。知らないうちに殺したやつも、おおぜいいるかもしれない」

「そうか」

シベリアーリョ・ヘヘヘノヴィチ・チェレンコフはしずかにあいづちを打った。

「自分とかかわるやつはみんな死ぬみたいなんだ。もしかしたら〈ボス〉と〈ボス〉の仲間たちだって、自分がかかわったせいで死ぬ羽目になったのかも。数えあげたらきりないな」

消沈した声になるヒョーに、つまったトイレみたいな音をたててのどを震わせるチェレンコフ。ヒョーはぽつりとつぶやいた。やっぱり自分にはマフィアの血が流れてるんだな、と。チェレンコフは目玉が落ちそうなほど眉《まゆ》をしかめて、輸血した覚えはないぞといった。そういう意味じゃないよと、あきれたようにヒョーはひげをひくつかせる。

「ほんとはほかの道もあったのに。どこでまちがえたんだろう」

じっと海を見つめてヒョーは考えこんだ。

「ほかの道ってなんだ？」

チェレンコフがたずねると、

「歌手さ。レコーディングまでしたんだ」

ヒョーはすこしだけ自慢気にひれを広げてみせた。チェレンコフはたいしておどろきもせず、音楽ってのはいいもんだとだけいった。

「映画に出演するチャンスだってあったんだぞ？」

顔をななめにかたむけ目くばせしてみせるヒョーをうけながし、

「歌ってみてくれるか？」

とチェレンコフはいった。ヒョーはおちつかなげに視線をいったりきたりさせ、それからゆっくりうなだれる。

「だめだ。歌えない」

「なぜだ？」

「歌をきかせると人体が爆発するんだ。まえに死んだ人間のあたまを吹き飛ばしたことがある。十五秒もかからなかった」

「そいつはすごいな」

シベリアーリョ・ヘヘヘノヴィチ・チェレンコフはぼんやりとした目で、ヒョーの顔を見つめていた。朝日ははやくも雲にめりこみ光を弱め、波の音がやけにさびしく耳に響いた。ヒョーはチェレンコフの視線に異変のようなものをかんじた。

「どうかしたのかい？」

霊安室で切り刻まれている最中なのだろうかと心配になった。だがチェレンコフは黒ずんだ口もとに小さな笑みをこぼし、海へと視線をそらす。

「いや、おまえをながめてるとあきないよ。毎日見ててもあきることがなかった」

「なんだよそれ」

「映画なんてどうでもいいさ。百年後だって見れるんだからな。その気になればいつでもだ。人類が滅亡してものこってるんじゃないのか。あんなのはただの人工的な光の明滅だ。わざわざ見る気もせんよ。だが、おまえは世界だ。人間たちは世界を見ずにスクリーンばかり見てるがな。真の世界が映ってるとでもおもわされてるんだろうな」

まるでみんな、まぼろしの世界に生きてるみたいだとチェレンコフは口から赤いあぶくをたらす。

「オウムガイを毎晩殺しまくる仕事よりはよさそうにおもえたんだけどな」

「どうだかな。人間のいう仕事ってのは、破壊活動の別名だからな」

「そりゃ、〈ボス〉がマフィアだからだろ」

「いや、働けば働くほど地球がぶっこわれるんだ」

地球を換金してるのさ。生産って言葉にいいかえてな。いまじゃコンクリートやアスファルト、コンピュータやなんかの人工物が、地球上の全生物の総重量を超えてるっていうじゃないか。そんなにまでして、いったいなにを作りあげたんだろうな、とチェレンコフは鼻血をぼっと吹き出す。

「だけど、働かざるもの食うべからずっていわれたぞ？」

「いまだにそんなことをいうやつがいるのか。そいつは人をこきつかう資本家の理屈だ。道徳の面をかぶって長年マインドコントロールしてきたのさ」

生きてるだけでひと仕事だっていうのにな、とチェレンコフは砂のうえにのばした逆向きの足をかなしげに見おろし、おれなんかいちどもまともに働いたことがなかったぞとつけくわえる。

「せっせと人を殺してただろ」

とヒョーがいうと、まあなと肩をすくめる。

「仕事なんかどうだっていいさ。なんの価値もない。だれもがしあわせになることを夢見て暗い顔して。しあわせなのは金を手にした瞬間だけ。報酬系ってやつを刺激されるんだな。アルコール依存症とおんなじさ。だけど、それを取りしきってる金持ち連中も、どうしてそんなにまでして金をかき集めてるのか、自分でもさっぱりわからんのさ。だれもなんにもわからず、永久機関みたいにくるくるまわってるだけなんだ」

チェレンコフは足の向きをなおそうと手をのばす。ヒョーはなんていったらいいのかわからず、〈ボス〉の肩をあむあむ嚙《か》んでみた。どろりとした海水みたいな血の味に、〈生命線プラザ〉の壁に描いた海の絵をおもいだす。ヒョーは噛みながらチェレンコフにいった。

「自分みたいなアザラシこそ、なんの価値もないみたいだよ。働かせればへまばかり。歌わせてみてもぱっとしない。壁画はだれにも気に入ってもらえない。なんにもできず、これっぽっちも稼げないんだ」

あんまり噛むと腕がもげ落ちそうなのでやめた。チェレンコフは、

「それほどいいものはほかにないじゃないか」

と声をあげてわらった。ごぼごぼごぼと血を吐きながら。

「おい、だいじょうぶか?」

ヒョーはチェレンコフの口もとにひれをそえる。死んだ人を心配するのもなんだかへんだとおもいつつ、やはり心配でしかたなかった。なんてことないさとチェレンコフは右手で口のまわりをぬぐい、

「野生動物の最大の死因は人間だ。経済活動ってやつのおかげで地球はぼろぼろなのさ。すめなくなるのは動物だけじゃない。地球に蔓延《まんえん》してる人間もだ。天災のほとんどは人災だしな。自分で自分の首を絞めて金もうけしてるんだな。そのうち金持ちだけで火星にでもひっこすんじゃないのか。ほんきでそう考えてそうで洒落《しゃれ》にもならん

が。この世界に人間なんてものを生みおとしたのが運のつきだったな」

「神さまの話かい？」

「宇宙の話さ」

「〈ボス〉だって人間だろ」

「おれは人でなしさ」

「だから殺されたんだろうな」

と、ヒョーはため息まじりに首をふる。いまだにシベリアーリョ・ヘヘヘノヴィチ・チェレンコフが殺されたことに納得できずにいた。チェレンコフはぐらぐらの腕をのばす。

「だれかを血祭りにあげなきゃならんかったのさ。非難の矛先をそらす目くらましさ。おれはそのなかのひとりにすぎん。人類の罪を肩代わりしてるようなもんさ。まるでキリストにでもなった気分だよ」

「復活する予定ある？」

「あるわけないだろ」

「まあ、教会を爆破したことのある人には無理だろうね」

それをいわんでくれとチェレンコフがのばしていた手にちからをこめると、逆向きの足がひざからとれてしまった。なんてこったと声をあげたとたん、右腕が肩からはずれた。チェレンコフは情けない顔をする。ヒョーは腕をひろって肩にねじこんでやった。どうにも不格好ではあったが、なんとかうごくようだった。ヒョーはとれた足もひろいあげたが、もういらんよとチェレンコフはかぶりをふる。〈ボス〉の足をかかえ、ヒョーはいった。

「なんていうか、生まれた場所に帰りたい気がするんだ」

紫色の顔でチェレンコフはふりかえる。それから低くたれこめた雲に目をやり、つぶやくようにいった。

「生まれた場所か」

「どこの海から連れてきたんだい？」

「北のほうだろうな」

「ホッキョクグマがいるようなところかい。知ってるぞ。プールの底にかわいらしい絵を描いたってだめさ。アザラシを食うんだろ。昔写真を見せて話してくれたじゃないか。でもこの際だから食われたっていいよ。自分はそれだけの報いをうけるようなことをしてきたんだから。こんな町で頭陀袋《ずだぶくろ》みたいに死を待つよりは、ホッキョクグマのえさになったほうがましさ」

「野生のホッキョクグマなんていないかもしれんぞ」

「いいよべつに。どうせ死ぬなら生まれたところに帰ってみたい。場所を教えてくれよ」

「それがはっきりとはしないんだ」

「忘れたのか?」

シベリアーリョ・ヘヘヘノヴィチ・チェレンコフはそわそわと肩をゆらし、海のむこうへぼんやりと視線を落とす。

「わからんのさ」

「〈ボス〉が密猟してきたんだろ?」

ヒョーはチェレンコフの横顔をのぞきこんだ。チェレンコフはため息をついた。肺の空気がからっぽになっても、まだ足りないみたいな長いため息だった。それから血のにじむ目をしばたたかせて口をひらいた。

「ほんとうをいうと、海から捕まえてきたんじゃない。水族館からもらってきたんだ。横流しさ。動物園も水族館もぞくぞく閉園になったからな。昔はわりのいい娯楽だってんで、いたるところにぼかすか作られたもんさ。めずらしいのをとっ捕まえて、見世物にしてぼろもうけ。それがすっかり落ち目になったんだな。いまさら種の保存だなんていっても無理がある。動物を絶滅に追いやってるのは人間だ。人工の環境でしか生きられなくしておいて、保護もなにもないよな。家に火を放ってブルドーザーでこなごなにしてから、どうぞうちへお越しくださいなんて、クレイジーにもほどがあるだろ。そもそも犯罪者でもないのに終身刑ってのもひどいもんだしな」

「いや、つまり、なんなのそれ？」

ヒョーは面食らい、音がきこえそうなほど目をぱちくりとさせた。

「おれが仲介して金持ち連中に売りさばいたのさ。パンダやトラなんかは人気があった。ゾウも日本人によろこばれたな。象牙《ぞうげ》めあてさ。そうじゃない動物は行き場に困った。〈保護施設〉って名前の処分場でまとめて殺されたりしてたな。動物園の連中には感謝されたよ。おれが密売すれば、自分たちは罪を抱えなくてすむからな。おれに尻《しり》ぬぐいさせたのさ。自分たちの手は汚さずに。汚いだろ。こっちとしちゃあ、ほんとうの密輸の隠れ蓑《みの》にはなったけどな」

ヒョーはすっかり困惑していた。自分の家族のことや海で暮らしていたころのことをよくおもいだせないのは、そのせいだったのだろうか。もっといえば、おもいだせないのではないのではないか。ヒョーはおそるおそる、その不安を口にした。

「水族館で生まれたってこと？」

「かもしれん」

といわれ、まごつきを隠すように、

「アザラシは人気あったかい?」

「ないな。ほとんどが殺処分だ」

「そうか い……」

ヒョーの声はしょげかえり、だらりと髭《ひげ》をたらす。そんなヒョーを見、軍用アザラシとしてイルカといっしょにシベリア海軍にひきとってもらうって話もあったんだぞとチェレンコフはいったが、なんのなぐさめにもならないようだった。ヒョーはうつむいたまま単調な波音に耳をかたむけ、帰る場所もないんだなと独りごちた。

「すまんな」

チェレンコフが小声であやまる。

「〈ボス〉のせいじゃないさ」

「おれたち人間のせいだ」

ヒョーはしずかに顔をあげ、チェレンコフにたずねた。

「これからどうするつもり?」

「おれは死んだんだ。これからもなにもない」

「ずっとここにいればいいだろ。腸や足がなくてもかまわないさ。ここでいっしょに暮らさないか？」

シベリアーリョ・ヘヘノヴィチ・チェレンコフの声が陰る。

「そんな夢みたいなわけにはいかんだろうな」

「なんなら自分も死んで、いっしょに海底の町で暮らすってのはどうだい？」

ヒョーが身をのりだすようにすると、チェレンコフはあんぐり口をあけた。

「おい、なんのために助けたとおもってるんだ？」

「なんでさ。なんで生きなきゃいけない？　なんのために生きてるんだ？」

「そんなの知るわけないだろ。ただ生きていてほしいとおもっただけさ」

「ここで一生を終えれば、そこそこハッピーエンドっぽくないか？」

「現実離れしたことというな。金にまみれた映画の見すぎだぞ。安っぽいにもほどがある」

声を荒らげるチェレンコフ。

「だけど〈ボス〉は海底の町へいくんだろ？」

「海に流されればいけるかもしれんが」

シベリアーリョ・ヘヘノヴィチ・チェレンコフは垂れさがった腸を片手でつかみ、

どうもいけそうにないなとつぶやいた。それから、とんでもなく憂鬱《ゆううつ》な場所へいくような気がすると独りごちるようにいった。

「こっちはこれからどうすりゃいいのさ。この島で虫でも食べて、ひとりで生きてけっていうの？」

「町へもどることだってできるぞ」

「プラスチックのうえを歩いて渡れなんていうんじゃないよな？」

チェレンコフは海に敷きつめられたプラスチックを見やり、こいつが流氷のかわりにでもなりゃよかったんだが、なんにもなりゃしなかったなと鼻を鳴らし、

「ヒョー、おまえは泳げるんだ。からだがぷかぷか浮かぶんだ。プラスチックをたんまり食ったたろ。いまじゃもう沈もうとしても沈まんさ。からだにでかい碇《いかり》でもくくりつけんことにはな」

食べられたものは食べたものの一部になり、食べたものもまた、食べられたものの一部になる。おまえがオウムガイを食べるとき、オウムガイはおまえのからだの一部になる。オウムガイはアザラシになり、アザラシはオウムガイになるんだ。プラスチックはオウムガイになり、オウムガイはプラスチックになる。プラスチックはおまえになり、おまえはプラスチックになるのさとシベリアーリョ・ヘヘノヴィチ・チェ

レンコフはいった。

「泳ぐのが怖いなら、灯台守のボートにでも乗せてもらえばいい。どうするかはおまえが決めるんだ。もうおれには、おまえを助けてやることができそうにない」

「どういう意味さ？」

シベリアーリョ・ヘヘヘノヴィチ・チェレンコフの顔が、これまでになくどす黒く染まっているのに気づき、ヒョーはにわかに強い胸騒ぎをかんじた。波の音が見かけ以上にごうごうとどよめいてきこえた。チェレンコフが目をぎゅうっとつぶる。

「あー、くそったれめ。おれの脳をサッカーボールにして遊びはじめやがった！」

「そんなの検屍とはおもえないよ」

ヒョーは心配そうに眉根をよせてチェレンコフの顔を見つめる。

「当然の報いさ」

シベリアーリョ・ヘヘヘノヴィチ・チェレンコフはかすれた声で顔をしかめた。ひどく苦しそうに見えた。苦しみに包囲され、からだがばらばらに砕けてしまいそうに見えた。このまま気をうしなって、永遠にもどらないように見えた。ちぎれた四肢がひるがえる。ヒョーはシベリアーリョ・ヘヘヘノヴィチ・チェレンコフの背にそっとあたまをのせた。ヒョーの顔は紙屑《かみくず》のようにくしゃくしゃになっていた。

「へへへへ……」

むせび泣くような声をもらすチェレンコフ。おわかれだ、脳がどっかにぽん、すっとんでいっち……へへ……へへへへ……という泣き声をのこしてシベリアーリョ・へへへノヴィチ・チェレンコフはその姿を消した。太陽は雲にめりこんだまま、よわよわしい光を海に投げかけていた。ヒョーは顔をくしゃくしゃにさせたままうごけなかった。こんなことなら歌をきかせてやればよかった。これが最後とわかっていたら、いっぱい歌ってあげるんだった。ヒョーはぽろぽろぽろと音をたてて涙をこぼした。灯台の下の砂浜で、アザラシのヒョーはじっとかたまり、そのままずっとうごくことができなかった。

それからさきのことはなにもきいていない。ひとびとの口の端《は》にものぼらなかったし、どんな文献にも記録がのこされていない。ヒョーがそれからどうなったのか、まるで消息がつかめなかった。アザラシの歌がどこかのラジオ局で流れていたという話もきかないし、アザラシの描いた絵がどこかに飾られているといううわさも耳にしていない。ましてやその姿を見かけたという人間もいなかった。ヒョーがいまどこでなにをしているのか、生きているのか死んでいるのかもわからない。その足どりはすっかり途絶えてしまった。いや、ひれどりか。

解説

大森　望

本書『チェレンコフの眠り』は、二〇二二年二月に新潮社から刊行された一條次郎の第三長編（著書としては四冊目）。惜しくも受賞は逸したものの、新潮文芸振興会が主催する第35回山本周五郎賞にノミネートされた。

……と書きながら、妙な感慨にかられる。いまの出版界にあって、一條次郎の存在はちょっとした奇跡じゃないですかね。

一條次郎は、第2回新潮ミステリー大賞を受賞した『レプリカたちの夜』で二〇一六年一月に作家デビューを飾った。同賞選考委員の伊坂幸太郎が帯に寄せた、「とにかくこの小説を世に出すべきだと思いました。ミステリーかどうか、そんなことはどうでもいいなあ、と感じるほど僕はこの作品を気に入っています」という言葉は、今も（文芸出版業界の一部で）語り草になっている。えっ、ミステリーの賞なのに、ミステリーかどうかはどうでもいいの？

中身を確かめるために『レプリカたちの夜』を読んでみると、たしかに動物レプリカ製造工場（?）における動くシロクマ消失の謎《なぞ》（??）を追う不条理ミステリーっぽく始まるものの、どんどんミステリーからズレて、作中の現実が曖昧模糊《あいまいもこ》としていく。なんとも不思議な味わいの小説だった。ミステリーともSFともファンタジーとも言いがたい、こんな妙な小説を面白がるのはよっぽど物好きな文学愛好者だけでは……。

そもそもエンターテインメント小説界隈《かいわい》では、分類不能の小説を書く作家は生き残りにくい。理由は単純で、ジャンルに頼らない分、作品によほど吸引力がないと多くの読者を見込めないから。（僕自身を含め）風変わりな小説を愛する一部読者に強烈な印象を残しただけで消えていく〝分類不能〟作家を過去にたくさん見てきたから、正直、一條次郎もその仲間入りをする可能性が高そうだと思っていた。

実際、『レプリカたちの夜』の単行本はたぶんそんなに売れなかったと思う。二〇一八年八月に第二長編『ざんねんなスパイ』が出たときも、事情はさほど変わらなかったはず。状況が一変したのは、その翌々月、『レプリカたちの夜』が文庫化されてから。木原未沙紀《きはらみさき》が描くシロクマ（+工場）のカバー装画がよかったのか、口コミで評判が広がったのか、はたまた物好きな読者が増えたのか、理由はさっぱりわかりませんが、新潮文庫版『レプリカたちの夜』は突如売れはじめ、増刷に増刷を重ねて、新潮文庫最大のフェア「新潮文庫の100冊」に三年連続で選抜されるほどのビッグタイトルに成長したのである。これひとつとっても小さな奇跡と言っていいだろう。けだし、伊坂幸太郎は慧眼《けいがん》だったと言うしかない。疑ってすみませんでした。

その追い風を受けて（推定）、二〇二〇年には、短編集『動物たちのまーまー』が文庫オリジナルで刊行。木原未沙紀のカバーイラストには、収録作「アンラクギョ」に登場するネコビトとおぼしき、猟銃を肩に掛けピザの箱を抱えて直立する猫が描かれている。『ざんねんなスパイ』の文庫版も装画は木原未沙紀。作中に出てくるキョリス（巨大リス）がでっかく描かれている。なんと、一條次郎は動物小説家になったのか⁉

……というのは半分冗談だが、その肩書き（？）を正面から引き受けるように、本書『チェレンコフの眠り』ではヒョウアザラシのヒョーが主人公をつとめる。カバーはもちろん、木原未沙紀が描くヒョーの正面像（プラス、帯裏にはうしろ姿）。

簡単におさらいすると、ヒョーは、〈サハリン・マフィア〉のボス、シベリアーリョ・ヘヘヘノヴィチ・チェレンコフのペットとして、豪壮な邸宅〈生命線プラザ〉で安楽に暮らしていた。しかし小説の冒頭、ヒョーの誕生パーティーの最中に、武装警官隊が屋敷を急襲。まるでジョン・ウーの映画のように暴力的で美しいこの銃撃戦により、ボスをはじめ組織のメンバーは皆殺しの憂《う》き目《め》に遭い、ヒョーの苦難の日々が始まる。

贅沢《ぜいたく》に慣れ、泳ぎも忘れたヒョーは、ボスにプレゼントされたばかりのアザラシ専用電動ゴルフカートでなんとか町までたどりつき、シーフードレストラン〈超ヒット日本〉の調理場で働きはじめる。仕事は、食材のオウムガイやオオウミウシや三葉虫やカブトガニをひれで叩《たた》き殺すこと。オウムガイは「殴らないでくれ……」と訴えてくるが（本書の中では、たいていの生き物がなんらかの方法でしゃべれるらしい）、ヒョーは「仕事なんだ。殴れといわれてるのさ」と弁解する。「仕事なら殴るのか……」「食べていかなきゃいけないんだ」「殴ると食べていけるのか……」「そうだ」「殴ってどうするんだ……」「殺すんだ」……というやりとりが可笑《おか》しくも恐ろしい。

やがて、うさんくさいプロデューサー〈座座座テレパス〉にスカウトされたヒョーは、歌手への道を目指すことになる。

ちなみに実在のヒョウアザラシ（英語だとLeopard seal）は、南極大陸周辺に生息する、食肉目アザラシ科ヒョウアザラシ属の海棲哺乳類《かいせいほにゅうるい》。体長は三メートル前後（メスのほうがオスよりも一回り大きい）。体の側面やおなかにはヒョウ柄っぽい斑点《はんてん》があり、それが名前の由来。愛嬌《あいきょう》たっぷりの見た目だが、海中でペンギンを捕食する動画（YouTubeの「ナショナル ジオグラフィックTV」チャンネルで観《み》られる）はたいへんグロテスクなので閲覧注意。

題名の〝チェレンコフ〟のほうは、おそらく、ヒョーの飼い主だったマフィアのボスを指す。しかし、この名前から真っ先に連想されるのはチェレンコフ光。使用済み核燃料の貯蔵プールとか、プール型原子炉の炉心などから放たれる青い光のことですね。臨界事故で目撃される青い光はチェレンコフ光とは別物らしいが、それでもこの固有名詞から原発事故を連想する人は多いはず。そういう姓に、へへへノヴィチという、へのへのもへじみたいな脱力系の父称をくっつけるところが一條次郎らしい。こういう絶妙すぎるネーミングとコントみたいな会話は著者の十八番。コインランドリーに〈捨てアカウント広場〉なんて名前をつけられる作家がほかにいるだろうか。

ペーソスと詩情に溢《あふ》れた寓話《ぐうわ》的な物語が行き当たりばったり進むうち、終末SFじみた世界の姿が少しずつ見えてくる。といってもべつだんSFになるわけではなく、幽霊が出てきたり、活劇があったり、かと思えば壮大なテーマが語られたりする。

実際、物語の主舞台となる町の海辺には、かつて放射性廃棄物処理場だった大きな建物がある。気候変動により地中の永久凍土が溶けて地盤が崩落し、放射性物質が海に流出。魚も鳥も全滅し、政府から見捨てられて〝死の町〟となったが、そこにはいまも貧乏人と変わり者が住みつづけている——と、明らかに（どこかの国の）原発事故を意識したような設定になっている。

血と暴力に満ちたこの世界で、気候変動はさらに進展し、海にはマイクロプラスチックがあふれ、食料も人間の体もナノプラスチック粒子に汚染され、プラスチック製の黄色いアヒルの雨が降ったり、かろうじて食べられる海産物（？）がオウムガイや三葉虫だったりする。そこだけとりだせば、環境破壊をテーマにした社会派の風刺小説に見えなくもない。著者のこれまでの作品にくらべて、メッセージ性がより前面に出ているのは事実だろう。

この点については、山本周五郎賞の選考会でも議論になったらしい。選考委員の今野敏は選評で「環境問題に対する意識が、素で垣間《かいま》見えるのが、ちょっとだけ興ざめという感があった」と述べている（〈小説新潮〉2022年7月号より／以下同）。その一方、伊坂幸太郎は、「環境破壊に対する憂《うれ》いや諦観《ていかん》じみたものを感じることはできるのですが、ただ、『環境破壊への抗議』『文明批判』と言い切れるほど分かりやすいものではなく、押しつけがましさが皆無であるところが、さらに素晴らしいと感じました」と擁護する。

著者自身はというと、『ざんねんなスパイ』刊行時のインタビューで次のように語っている。

「ただ面白いことを書きたいだけで、なにかテーマが先にあって書いているわけではないです。読んでくれる人に、楽しい気持ちになってほしいだけで。ふだんとりとめなく考えていることが、テーマみたいに見えてしまうのかもしれません」「自分はまじめなことをまじめに書けないみたいです。まじめに書いているとなんか悲しくなってくるので」（〈週刊ポスト〉2018年9・14号より／構成＝橋本紀子）

本書についても、環境問題が先にあって書かれたわけではなく、書いているうちに環境問題が浮上してきたということかもしれない。

山本周五郎賞の選評では、もうひとつ、コインランドリーのシーンだけ〝わたし〟が出てくることに三浦しをんが疑問を呈している。たしかに謎だ。この〝わたし〟はいったいだれなのか？〝わたし〟が北上してきた〝列島〟とは？　そう思って読み直すと、この小説全体が、ヒョーに視点を置いた〝わたし〟による（あまりにも想像豊かな）ルポルタージュのようにも見えてくる。最初に出てくる固有名詞が〈サハリン・マフィア〉なので、これはもしやアントン・パーヴロヴィチ・チェーホフの（もしくはエドゥアルド・ヴェルキンの）『サハリン島』へのオマージュでは。だとすると〝わたし〟は未来のチェーホフだったり？　と妄想がわいてくるがぜんぜん見当はずれかもしれないので深入りするのはやめて、引用ついでに、山本周五郎賞の選評のうち、本書に触れた箇所をいくつかピックアップしてみよう。
「なんてチャーミングな一冊。（中略）ユーモアと詩情、皮肉と哀愁の漂う言語センスも魅力的だった。そして、なによりも、前提のない場所で小説を書こうとする（いわば、共感を求めない）姿勢に私は敬意を表する」（江國香織）
「主人公のヒョーを好きにならずにはいられなかった。（中略）特に冒頭、『1』の章のうつくしさと暴力性、悲劇的なまでの文章のキレと高まりが、神話のように輝いている。／本作はもう、我々読者がどうこう口を挟むような次元を超えて、唯一《ゆいいつ》無二の確固とした世界を現出させており、それをひたすら堪能《たんのう》する喜びに浸ればいいと思う」（三浦しをん）
「こうした不思議な味わいの小説は、なかなか書けるものではない」（今野敏）
「この作品は、（大衆小説を対象とした）本賞の候補作ではありながらも、優れた（純文学的な意味での）文学作品ではないかと思っています」（伊坂幸太郎）
どの選考委員もおおむね一條次郎のユニークすぎる個性と文章力を高く評価している。たしかに純文学畑ならこういう作家も何人かいなくはないが、ミステリーの新人賞から出てきた作家ではきわめて珍しい。しかも、デビューから九年近くのあいだにたった四冊しか本を出していないのに、読者から熱烈に支持され、新作を待たれている。いまどき珍しいくらい幸福な作家だと思う。著者によれば、「私はプロットを練りあげ、設計図に従って作業をしていくタイプではなくて。小さな着想の、その世界に暮らす人物や動物になってみて、その様子や日常がどんなものなのかを実際に感じられないと書けないんです。また、登場人物たち全員の声がちゃんと聞こえてこない限り、そのお話はいかにも作り話っぽくなってしまい、自分でも好きになれません。短編にしろ長編にしろ、毎回そういうところから延々と考えるので、ずいぶん時間がかかる気もします」（〈anan〉2020年6月3日号より／インタビュー・文＝三浦天紗子）

ということなので、まだまだ時間がかかるかもしれないが、次の奇跡のかけらをのんびりと待ちたい。

（二〇二四年九月、翻訳家）

この作品は令和四年二月、新潮社より刊行された。

一條次郎著

レプリカたちの夜

新潮ミステリー大賞受賞

動物レプリカ工場に勤める往本は深夜、シロクマと遭遇した。混沌と不条理の息づく世界を卓越したユーモアと圧倒的筆力で描く傑作。

一條次郎著

動物たちのまーまー

混沌と不条理の中に、世界の裏側への扉が開く。『レプリカたちの夜』で大ブレイクした唯一無二の異才による、七つの奇妙な物語。

一條次郎著

ざんねんなスパイ

私は73歳の新人スパイ、コードネーム・ルーキー。市長を暗殺するはずが、友達になってしまった。鬼才によるユーモア・スパイ小説。

江國香織著

ぬるい眠り

恋人と別れた痛手に押し潰されそうだった。大学の夏休み、雛子は終わった恋を埋葬した。表題作など全9編を収録した文庫オリジナル。

石田衣良著

眠れぬ真珠

島清恋愛文学賞受賞

人生の後半に訪れた恋が、孤高の魂を持つ咲世子を少女に変える。恋人は17歳年下。情熱と抒情に彩られた、著者最高の恋愛小説。

川端康成著

眠れる美女

毎日出版文化賞受賞

前後不覚に眠る裸形の美女を横たえ、周囲に真紅のビロードをめぐらす一室は、老人たちの秘密の逸楽の館であった——表題作等3編。

柴田錬三郎著

眠狂四郎無頼控
（一〜六）

封建の世に、転びばてれんと武士の娘との間に生れ、不幸な運命を背負う混血児眠狂四郎。時代小説に新しいヒーローを生み出した傑作。

宮部みゆき著

龍は眠る
日本推理作家協会賞受賞

雑誌記者の高坂は嵐の晩に、超常能力者と名乗る少年、慎司と出会った。それが全ての始まりだったのだ。やがて高坂の周囲に……。

湊かなえ著

豆の上で眠る

幼い頃に失踪した姉が「別人」になって帰ってきた——妹だけが追い続ける違和感の正体とは。足元から頽《くずお》れる衝撃の姉妹ミステリー！

C・ペロー
村松潔訳

眠れる森の美女
—シャルル・ペロー童話集—

赤頭巾ちゃん、長靴をはいた猫から親指小僧、シンデレラまで！美しい活字と挿絵で甦ったペローの名作童話の世界へようこそ。

井上靖著

北の海
（上・下）

高校受験に失敗しながら勉強もせず、柔道の稽古に明け暮れた青春の日々——若き日の自由奔放な生活を鎮魂の思いをこめて描く長編。

伊集院静著

海峡
—海峡　幼年篇—

かけがえのない人との別れ。切なさを嚙みしめて少年は海を見つめた——。瀬戸内の小さな港町で過ごした少年時代を描く自伝的長編。

上田敏訳詩集

海潮音

ヴェルレーヌ、ボードレール、マラルメ……ヨーロッパ近代詩の翻訳紹介に力を尽し、日本詩壇に革命をもたらした上田敏の名訳詩集。

遠藤周作著

海と毒薬

毎日出版文化賞・新潮社文学賞受賞

何が彼らをこのような残虐行為に駆りたてたのか？　終戦時の大学病院の生体解剖事件を小説化し、日本人の罪悪感を追求した問題作。

遠藤周作著

死海のほとり

信仰につまずき、キリストを棄てようとした男——彼は真実のイエスを求め、死海のほとりにその足跡を追う。愛と信仰の原点を探る。

小川洋子著

海

「今は失われてしまった何か」への尽きない愛情を表す小川洋子の真髄。静謐で妖しく、ちょっと奇妙な七編。著者インタビュー併録。

恩田陸著

図書室の海

学校に代々伝わる〈サヨコ〉伝説。女子高生は伝説に関わる秘密の使命を託された——。恩田ワールドの魅力満載。全10話の短篇玉手箱。

角田光代著

笹の舟で海をわたる

不思議な再会をした昔の疎開仲間は、義妹となり時代の寵児となった。その眩さに平凡な主婦の心は揺れる。戦後日本を捉えた感動作。

北杜夫著
どくとるマンボウ航海記
のどかな笑いをふりまきながら、青い空の下を小さな船に乗って海外旅行に出かけたどくとるマンボウ。独自の観察眼でつづる旅行記。

花房観音著
果ての海
階段の下で息絶えた男。愛人だった女は、整形し、別人になって北陸へ逃げた――。「逃げる女」の生き様を描き切る傑作サスペンス！

三島由紀夫著
春の雪
（豊饒の海・第一巻）
大正の貴族社会を舞台に、侯爵家の若き嫡子と美貌の伯爵家令嬢のついに結ばれることのない悲劇的な恋を、優雅絢爛たる筆に描く。

水上勉著
飢餓海峡
（上・下）
貧困の底から、功なり名遂げた樽見京一郎は、殺人犯であった暗い過去をもっていた……。洞爺丸事件に想をえて描く雄大な社会小説。

宮本輝著
流転の海
第一部
理不尽で我儘で好色な男の周辺に生起する幾多の波瀾。父と子の関係を軸に戦後生活の有為転変を力強く描く、著者畢生の大作。

村上春樹著
海辺のカフカ
（上・下）
田村カフカは15歳の日に家出した。姉と並んだ写真を持って。世界でいちばんタフな少年になるために。ベストセラー、待望の文庫化。

山崎豊子著
約束の海
海自の潜水艦と釣り船が衝突、民間人が多数犠牲となり批判にさらされる自衛隊……。壮大なスケールで描く国民作家最後の傑作長編。

安岡章太郎著
海辺《かいへん》の光景
芸術選奨・野間文芸賞受賞
精神を病み、弱りきって死にゆく母――。精神病院での九日間の息詰まる看病の後、信太郎が見た光景とは。表題作ほか、全七編。

山極寿一
小川洋子著
ゴリラの森、言葉の海
野生のゴリラを知ることは、ヒトが何者かを自ら知ること――対話を重ねた小説家と霊長類学者からの深い洞察に満ちたメッセージ。

吉村昭著
海馬（トド）
羅臼の町でトド撃ちに執念を燃やす老人と町を捨てた娘との確執を捉えた表題作など、動物を仲立ちにして生きる人びとを描く短編集。

和田竜著
村上海賊の娘（一～四）
本屋大賞・親鸞賞・
吉川英治文学新人賞受賞
信長vs.本願寺、睨み合いが続く難波海に敢然と向かう娘がいた。壮絶な陸海の戦いが幕を開ける。木津川合戦の史実に基づく歴史巨編。

ヴェルヌ
村松潔訳
海底二万里（上・下）
超絶の最新鋭潜水艦ノーチラス号を駆るネモ船長の目的とは？　海洋冒険ロマンの傑作を完全新訳、刊行当時のイラストもすべて収録。

P・オースター
柴田元幸訳
リヴァイアサン

全米各地の自由の女神を爆破したテロリストは、何に絶望し何を破壊したかったのか。そして彼が追い続けた怪物リヴァイアサンとは。

R・カーソン
青樹簗一訳
沈黙の春

自然を破壊し人体を蝕む化学薬品の浸透……現代人に自然の尊さを思い起させ、自然保護と化学公害告発の先駆となった世界的名著。

ガルシア゠マルケス
野谷文昭訳
予告された殺人の記録

閉鎖的な田舎町で三十年ほど前に起きた幻想とも見紛う事件。その凝縮された時空に共同体の崩壊過程を重層的に捉えた、熟成の中篇。

カポーティ
小川高義訳
ここから世界が始まる
―トルーマン・カポーティ初期短篇集―

社会の外縁に住まう者に共感し、仄暗い祝祭性を取り出した14篇。天才の名をほしいままにしたその手腕の原点を堪能する選集。

辻仁成著
海峡の光
芥川賞受賞

函館の刑務所で看守を務める私の前に現れた受刑者一名。少年の日、私を残酷に苦しめた、あいつだ……。海峡に揺らめく、人生の暗流。

帚木蓬生著
三たびの海峡
吉川英治文学新人賞受賞

三たびに亙って〝海峡〟を越えた男の生涯と、日韓近代史の深部に埋もれていた悲劇を誠実に重ねて描く。山本賞作家の長編小説。

有吉佐和子著　**複合汚染**

多数の毒性物質の複合による人体への影響は現代科学でも解明できない。丹念な取材によって危機を訴え、読者を震駭させた問題の書。

宮部みゆき著　**荒神**

時は元禄、東北の小藩の山村が一夜にして壊滅した。二藩の思惑が交錯する地で起きた〝厄災〟とは。宮部みゆき時代小説の到達点。

角幡唯介著　**漂流**

37日間海上を漂流し、奇跡的に生還しながらふたたび漁に出ていった漁師。その壮絶な生き様を描き尽くした超弩級ノンフィクション。

小林多喜二著　**蟹工船・党生活者**

すべての人権を剥奪された未組織労働者のストライキを描いて、帝国主義日本の断面を抉る「蟹工船」等、プロレタリア文学の名作2編。

窪　美澄　著　**晴天の迷いクジラ**
山田風太郎賞受賞

どれほどもがいても好転しない人生に絶望し、死を願う三人がたどり着いた風景は――。命のありようを迫力の筆致で描き出す長編小説。

さくらももこ著　**さくらえび**

父ヒロシに幼い息子、ももこのすっとこどっこいな日常のオールスターが勢揃い！　奇跡の爆笑雑誌「富士山」からの粒よりエッセイ。

江國香織著
きらきらひかる
二人は全てを許し合って結婚した、筈だった……。妻はアル中、夫はホモ。セックスレスの奇妙な新婚夫婦を軸に描く、素敵な愛の物語。

江國香織著
流しのしたの骨
夜の散歩が習慣の19歳の私と、タイプの違う二人の姉、小さな弟、家族想いの両親。少し奇妙な家族の半年を描く、静かで心地よい物語。

江國香織著
神様のボート
消えたパパを待って、あたしとママはずっと旅がらす…。恋愛の静かな狂気に囚われた母と、その傍らで成長していく娘の遥かな物語。

江國香織著
犬とハモニカ
川端康成文学賞受賞
恋をしても結婚しても、わたしたちは、孤独だ。川端賞受賞の表題作を始め、あたたかい淋しさに十全に満たされる、六つの旅路。

江國香織著
ちょうちんそで
雛子は「架空の妹」と生きる。隣人も息子も「現実の妹」も、遠ざけて――。それぞれの謎が繙かれ、織り成される、記憶と愛の物語。

NHK「東海村臨界事故」取材班
朽ちていった命
―被曝治療83日間の記録―
大量の放射線を浴びた瞬間から、彼の体は壊れていった。再生をやめ次第に朽ちていく命と、前例なき治療を続ける医者たちの苦悩。

伊坂幸太郎著　オーデュボンの祈り

卓越したイメージ喚起力、洒脱な会話、気の利いた警句、抑えようのない才気がほとばしる！　伝説のデビュー作、待望の文庫化！

伊坂幸太郎著　ラッシュライフ

未来を決めるのは、神の恩寵か、偶然の連鎖か。リンクして並走する4つの人生にバラバラ死体が乱入。巧緻な騙し絵のごとき物語。

伊坂幸太郎著　重力ピエロ

ルールは越えられるか、世界は変えられるか。未知の感動をたたえて、発表時より読書界を圧倒した記念碑的名作、待望の文庫化！

伊坂幸太郎著　フィッシュストーリー

売れないロックバンドの叫びが、時空を超えて奇蹟を呼ぶ。緻密な仕掛け、爽快なエンディング。伊坂マジック冴え渡る中篇4連打。

伊坂幸太郎著　砂　漠

未熟さに悩み、過剰さを持て余し、それでも何かを求め、手探りで進もうとする青春時代。二度とない季節の光と闇を描く長編小説。

伊坂幸太郎著　ゴールデンスランバー
山本周五郎賞受賞
本屋大賞受賞

俺は犯人じゃない！　首相暗殺の濡れ衣をきせられ、巨大な陰謀に包囲された男。必死の逃走。スリル炸裂超弩級エンタテインメント。

新潮文庫最新刊

帚木蓬生著
花散る里の病棟
町医者こそが医師という職業の集大成なのだ――。医家四代、百年にわたる開業医の戦いと誇りを、抒情豊かに描く大河小説の傑作。

藤ノ木優著
あしたの名医2
―天才医師の帰還―
腹腔鏡界の革命児・海崎栄介が着任。彼を加えたチームが迎えるのは危機的な状況に陥った妊婦――。傑作医学エンターテインメント。

貫井徳郎著
邯鄲の島遥かなり（中）
男子普通選挙が行われ、島に富をもたらす一橋産業が興隆を誇るなか、平和な島にも戦争が影を落としはじめていた。波乱の第二巻。

一條次郎著
チェレンコフの眠り
飼い主のマフィアのボスを喪ったヒョウアザラシのヒョーは、荒廃した世界を漂流する。愛おしいほど不条理で、悲哀に満ちた物語。

矢樹純著
血腐れ
妹の唇に触れる亡き夫。縁切り神社の血なまぐさい儀式。苦悩する母に近づいてきた女。戦慄と衝撃のホラー・ミステリー短編集。

J・グリシャム
白石朗訳
告発者（上・下）
内部告発者の正体をマフィアに知られる前に、調査官レイシーは真相にたどり着けるか!?全米を夢中にさせた緊迫の司法サスペンス。

新潮文庫最新刊

大西康之著
起業の天才！
―江副浩正　8兆円企業リクルートをつくった男―
インターネット時代を予見した天才は、なぜ闇に葬られたのか。戦後最大の疑獄「リクルート事件」江副浩正の真実を描く傑作評伝。

永田和宏著
あの胸が岬のように遠かった
―河野裕子との青春―
歌人河野裕子の没後、発見された膨大な手紙と日記。そこには二人の男性の間で揺れ動く切ない恋心が綴られていた。感涙の愛の物語。

徳井健太著
敗北からの芸人論
芸人たちはいかにしてどん底から這い上がったのか。誰よりも敗北を重ねた芸人が、挫折を知る全ての人に贈る熱きお笑いエッセイ！

J・ウェブスター
三角和代訳
おちゃめなパティ
世界中の少女が愛した、はちゃめちゃで魅力的な女の子パティ。『あしながおじさん』の著者ウェブスターによるもうひとつの代表作。

L・M・オルコット
小山太一訳
若草物語
わたしたちはわたしたちらしく生きたい――。メグ、ジョー、ベス、エイミーの四姉妹の愛と絆を描いた永遠の名作。新訳決定版。

森晶麿著
名探偵の顔が良い
―天草茅夢のジャンクな事件簿―
事件に巻き込まれた私を助けてくれたのは〝愛しの推し〟でした。ミステリ×ジャンク飯×推し活のハイカロリーエンタメ誕生！

新潮文庫最新刊

野口卓著
からくり写楽
—蔦屋重三郎、最後の賭け—
〈謎の絵師・写楽〉は、なぜ突然現れ不意に消えたのか。そのすべてを知る蔦屋重三郎の奇想天外な大仕掛けを描く歴史ミステリー。

真梨幸子著
極限団地
—一九六一　東京ハウス—
築六十年の団地で昭和の生活を体験する二組の家族。痛快なリアリティショー収録のはずが、失踪者が出て……。震撼の長編ミステリ。

幸田文著
雀の手帖
多忙な執筆の日々を送っていた幸田文が、何気ない暮らしに丁寧に心を寄せて綴った名随筆。世代を超えて愛読されるロングセラー。

安部公房著
死に急ぐ鯨たち・もぐら日記
果たして安部公房は何を考えていたのか。エッセイ、インタビュー、日記などを通して明らかとなる世界的作家、思想の根幹。

燃え殻著
これはただの夏
僕の日常は、嘘とままならないことで埋めつくされている。『ボクたちはみんな大人になれなかった』の燃え殻、待望の小説第2弾。

ガルシア゠マルケス
鼓直訳
百年の孤独
蜃気楼の村マコンドを開墾して生きる孤独な一族、その百年の物語。四十六言語に翻訳され、二十世紀文学を塗り替えた著者の最高傑作。

チェレンコフの眠《ねむ》り

新潮文庫　い - 133 - 4

令和六年十一月一日発行

著者　一《いち》條《じょう》次《じ》郎《ろう》

発行者　佐藤隆信

発行所　株式会社新潮社

郵便番号　一六二—八七一一
東京都新宿区矢来町七一
電話　編集部(〇三)三二六六—五四四〇
　　　読者係(〇三)三二六六—五一一一
https://www.shinchosha.co.jp

価格はカバーに表示してあります。

乱丁・落丁本は、ご面倒ですが小社読者係宛ご送付ください。送料小社負担にてお取替えいたします。

印刷・株式会社光邦　製本・株式会社大進堂

© Jiro Ichijo 2022　Printed in Japan

ISBN978-4-10-121654-6 C0193